楼塔

美丽的遇见

中共杭州市萧山区楼塔镇委员会　编
杭州市萧山区楼塔镇人民政府

浙江工商大学出版社
ZHEJIANG GONGSHANG UNIVERSITY PRESS

- 杭州 -

图书在版编目（CIP）数据

楼塔：美丽的遇见 / 中共杭州市萧山区楼塔镇委员会，杭州市萧山区楼塔镇人民政府编 . —杭州：浙江工商大学出版社，2022.6

ISBN 978-7-5178-4973-5

Ⅰ. ①楼… Ⅱ. ①杭… ②杭… Ⅲ. ①诗集—中国—当代 Ⅳ. ①I227

中国版本图书馆 CIP 数据核字（2022）第 096199 号

楼塔：美丽的遇见

LUOTA: MEILI DE YUJIAN

中共杭州市萧山区楼塔镇委员会

杭州市萧山区楼塔镇人民政府 编

责任编辑　张晶晶
责任校对　何小玲
特约编辑　李大军
封面设计　婉　婷
责任印制　包建辉
出版发行　浙江工商大学出版社
　　　　　（杭州市教工路 198 号　邮政编码 310012）
　　　　　（E-mail：zjgsupress@163.com）
　　　　　（网址：http://www.zjgsupress.com）
　　　　　电话：0571-88904980，88831806（传真）
排　　版　杭州大漠照排印刷有限公司
印　　刷　杭州丰源印刷有限公司
开　　本　880mm×1230mm　1/32
印　　张　7
字　　数　151 千
版 印 次　2022 年 6 月第 1 版　2022 年 6 月第 1 次印刷
书　　号　ISBN 978-7-5178-4973-5
定　　价　68.00 元

目 录

又到楼塔（外三首）

胡飞白

村民们又围拢过来

夜潮一般

萧山的深秋早已在稻田里升起

我们皆是这夜色下的异乡客

经历过失散后的重逢

野地上

甘蔗林茂密生长

那种局部

浮动的幻觉

给了我更多断裂的想象

到处巨兽蛰伏，似曾来过

山道边，桂树遗世

——空缀前朝旧臣的心事

脚步透亮，无须太用力

这种记忆如流水隐现

又如藤蔓缠绕

我相信，智慧有其自身的困境

也无所渴望

因为除此之外

一定还存在着心灵不愿意言明的部分

大同沿革史

一堵刷白了的矮墙

贴满时间告示

浮雕似的心跳

平静，延续——

某种沉默的骨骼

被时间掩埋

公元 978 年

公元 1279 年

公元 1911 年

公元 1930 年

公元 1947 年

…………

公元 2005 年

这么算来

楼塔啊

这古镇千年不过

墙上几度春秋

原大同坞乡十个村

合并为三个
我们结伴从跟前走过
那么多格桑梅朵
那么多稻谷沉寂
于存在的幻境之间
朝我汹涌扑来
竟然都一声不吭

深秋笔记

沿山边蜿蜒起伏的地形向上
稻田如同我心，被注入了永恒的风骨
一种相异于形而下的密集叙述
只是，它们皆在低头、低头
那底下还有什么值得留恋
秋的大地早已板结
缄默，无非沉入更深的冥思
我们疾行于田埂之上
以闯入者的姿态
也充满探望与聆听的神色
不远处，白鹭单腿立着
仿佛无物之阵
人来不飞
人去亦无动于衷
她沉静而古荡的眼眸

刻入画影重重

——幻觉和轻松，停滞在那一刻

所有事物皆已完成自我命名

唯独我，乘野风之势沉溺

而世间新酿的危机正汹涌而来

霜降夜与崔岩、小书回仙岩路上闲谈

说到下笔的紧张和用劲

心头总有麋鹿，失足落入陷阱

我们借着酒劲表达

黑暗中最真实的部分

石板路，即为美育

困惑尚在行进中——桂花已迟到许久

沉醉于此吧，粗粝、迟钝

先满足于自己的时候

鱼，才能肆意跃出水面

语塞时，彼此都会面面相觑

自我和非我，暂且不用看得太清

楼塔夜色（外二首）

俞昊杰

夜晚躬身而立
月光在溪面画出一道浅浅的白痕

秋天在溪岸边慢慢抽穗、发芽
而我站在霓虹的影子里

阁楼上橘色的灯笼
在烟青色的老街上随风摇曳

两旁的枕水人家多好客
在仙岩的暖色中盛出白白的米浆

风灯真好看，夜色也浪漫
我却喜欢和自己倾谈
在云朵一样安静的地方……

遇见楼塔

咔嚓，咔嚓……从萧富古道上
隐约传来佳山纸坊叩竹舂臼声
挑竹料、做土纸、铺石道
楼塔人在青山中生长，更在青山上眺望

呼哧，呼哧……从陈氏土烧坊
众人抬出一缸缸绵醇甘香的新酒
酵曲粉、选高粱，配荞麦
墙门里阿爹在窖藏喜悦与憧憬

欸乃，欸乃……从芦花纷飞处
村民们把生活晾晒在向阳的石滩上
阿娘在洲口溪边轻摇着桂花扇
从童年流入，在暮年休憩

啁啾，啁啾……山雀清了清嗓子
叫醒古道上沁凉的朝晖
人在洲口桥头啪嗒啪嗒行走
顷刻，清甜的桂雨已落满头顶

溪上云间

楼塔不见塔，伊家店不见伊人

格桑花盛开的地方
就是我的家

我急切地和芦花打个照面
和一片甘蔗林
长久地伫立在溪水边
像经年未谋面的老友

秋天的仙岩
如日色温柔的长句
风一来，便觉得
溪水清澈，山花可爱

该如何回应毋岭的翠青
无非是桂雨落进了心田
无非是在村口路过
讲故事的古樟

如云唤山，如鸟唤林
从一个故乡到了另一个故乡

楼塔诗抄三首

柯健君

而我什么也没有

在楼塔，有人指着一块稻田

说着耕种、翻土、割晒与收藏

一滴汗水同一粒泥土结合

是最纯净最安静的事物

而我摸摸口袋

什么也没有

有人指着一道篱笆，说那里

围着鸡、鸭，还有一只蹩脚的鹅

它们在树丛底下找虫子

伏在地上晒太阳

它们总是懒懒洋洋，也不惧怕

宰杀的风险

而我走走停停，看东看西

口袋里什么也没有

楼塔的夜晚，能看见

最早出现和最晚谢幕的星星

而在低处，流水经过的更低处

是那渺小的、仍要钻出水面的声音

而我，什么也没有

我恨自己不是个孩子

楼塔的风吹过山川田野

有着好闻的味道

楼塔的雨，在瓦檐上蹦跳

在这里行走，我恨自己

不是个孩子

不能赤脚，跑过整齐的田垄

不能在风中吃果糖

不能在雨里玩弹珠

萧富古道上，我站着

带着城里人的作态。不能像个孩子

在山岭上翻跑，在竹林间

随地野一回

百花园里，抓蝴蝶的人

泥地里拔萝卜的，踩着水车的

和蚯蚓躺在同一片地上的

不是我

在大同的几个村之间行走

我恨自己不是个孩子

不能晨起读书，傍晚抓鱼

大同村的年轻人

青春曾经这样度过……这让我羞愧

岁月如此沉重地敲打他们

用懵懂、寒冷、热血，以及忠诚

似对待铜铸的身躯和灵魂

他们脸上没有沟壑，亦如这江南水乡

在坚硬的背上扛起国和家

一路向北，向北……坚强的步履

在自己的土地上回响

一人，两人……十一，十二……还要继续

十八——就是十八人，正如他们十八的年纪

是一枚螺丝、一根火柴、一粒石块……

要翻过山，跨过江，到陌生的地方

他们的青春就在信仰和勇敢间

这让我羞愧——我书写的诗行远远

不及他们在严寒中，用滚烫胸膛

焐热的那一颗子弹——

它射出，划破夜色，是一首硬朗的长诗
带着和平的韵脚

还能孩子多久（外二首）

徐　佳

赶路赶得猝不及防的人
被此处堂皇的秋意撞到心房一颤

此时电影换了天蓝色的幕布
青紫黄橙绿就这样大片泼洒
日光下人影幢幢
这丰满得让人无所适从的浪荡啊
而我竟张口结舌以至泪盈于眶

曾年少赤足深陷于湿软稻田
曾与蚊蚋水蛭苦斗至星宿失色
曾野花一捧扎成环扮流浪公主
独独，忘了
有没有给那稻草人
编一顶草帽避日晒雨淋

此刻山野这样空旷

虫语鲜亮

我却渐渐失去了倾听的能力

大同村记

油漆是活泼的

冰冷的铁管涂上竹绿色

像光洁的面颊飞上红晕

阳光松松垮垮卸下善睐明眸

默默思量

流水是冷峻的

一截一截地设置悬念

她的幽默

在于跟溪石的推推搡搡

忽而瞋目作势，忽而拥抱开怀

木头讲各种故事

一个树桩、一扇木窗、一座祠堂

甚而一根干枯的树枝

意外地跌入了板栗馨香的陷阱

乡音挺括似雨打蕉叶

这驻足评论的人群

是静默小村里最风流的一景

楼塔记
——诗歌节侧记

这次的相约趋于隆重
把裁贴的花黄取下又戴上
梦里的马嘶声猎猎
一个婉转的朝代登场

你群山环抱的样子青翠欲滴
一腔稚气蹁跹入怀
如果这般等闲生华发
让我蜷曲在那流淌的乐曲里
我特意正襟危坐
这热闹中的冷场
像暗寂的灶膛灰一明一灭
我的心神已晃了几晃

灯光下的女子恍若妃子
这般明艳不自知
而这恍若又隔了几重的叙述呀
把醉意一点一点揉进去
在这浮世里用嫩黄姜黄翠黄金黄
用疯狂的一杯酒泅渡自己
楼塔一檐
清鸣环绕　愈发自在

楼塔纪行三首

崔 岩

朗诵会后

朗诵会后人群散去，诗的声音
仍在音乐里缓慢发酵。轻风
随意抓起一把桂花香扔进来
就让夜晚有了微醺的味道
我们坐上建明兄驾驶的旧车
四下打探可吃消夜的场所
仿佛刚才的朗诵会，诗歌
所带来的醉意，尚不足以润滑
这个深秋寂寞的月色
而街道清冷，招牌晃动着馋人的
霓彩，于夜风里摇曳和勾连
在某个瞬间我有些恍惚
好像我们四人
与天界兄劲草兄手提着的两大桶

同山烧——有那么一点儿相像
怀揣着一触即发的喧腾酒意
却面色镇定地等待下落，晃荡
在楼塔，静美的街灯底下

与古樟树合影

最先一人像拥抱母亲
将双臂、胸腹和面部
紧紧贴住大同村这棵陈氏古樟
粗粝宽厚的树皮
其他人依次拉起手
用同样的姿势
直到将树干合围

后来，为了便于拍照
他们改为背靠着大树
尽量舒展自己的身体
那张开双臂的姿势
像是在替这棵古樟树
挡住了什么
接纳了什么

野孩子部落

习惯于正襟危坐听风辨雨的人

习惯于落座之后先做衡量和比对
再决定说话方式及用词的人
习惯于面对自己垒起的
摇摇欲坠的积木志得意满
舍不得推倒重来的人
每一个这样的人，每一个习惯于
……各种习惯的人
心中都藏着一个野孩子
——他在笑着打滚、在胡闹、在疯
他浑身沾满草屑和烂泥
隔着苞谷地向大人扔玉米棒子
他在一大片波斯菊边上尖叫
欢快地跳起来闯过围栏
踩着泥泞去捉一只漂亮的白鹅
他把一穗成熟的稻粒塞进嘴里咀嚼
等嚼出香甜味道的时候就呸一声
吐掉渣滓……他，那么小
我们不断长大，他却越来越小
他的力气已经敌不过世故的我们
所以我们走进这个
名叫"野孩子部落"的农庄时
我们保持谦逊的微笑
从草地上找到适合自己的椅子
坐下，举止得体地喝茶、说话
这时候我们摁住他
并向别人露出恰当的表情

楼塔纪行三首

017

楼塔的夜比白天美（外六首）

沈文军

夫妻店里并不都是夫妻

他们是诗人，也是酒鬼

鱼虾蟹红着脸出来接待

青菜萝卜鸡鸭捧着山里的热情

此时，酒水在沸腾

一首首诗在冒泡

它们是楼塔的桥

楼塔的山，楼塔的水

楼塔的泥土和气息

今晚它们是世上最好的语言

把楼塔刨根究底

"情到深处自然红"

渐渐地，他醉了

她也醉了

善良的知秋，一个个

把我们送回山间的青社里

溪水在流淌
山风吹来凉爽
这初冬的夜
比白天更好，更美妙

佳山绿道

一条道铺在山中
也就是铺在密密的森林里
有湖水波光粼粼
有鸟鸣回旋头顶
此时，阳光真好
贞女亭在招手
山风抛出媚眼在诱惑
整洁的村落如白云朵朵
将我引入怀中
萧富古道上，一位庄重的老人
身披袈裟，将神奇的故事
向我讲述
我的怀恋像鲜花
漫山遍野地开放
是呀，我们
在纸坊旧址停留
外公开动机器
诗意在洁白的纸张中
源源流出

初冬到楼塔

我喜欢这个季节

凉风吹来

精神倍爽

我欣赏这样的景色

树叶在飘落

山峰色彩璀璨

我们拥挤在洲口桥

细十番音乐诗意浩荡

我们在街道间穿行

晨雾缭绕透出风景

溪水从百药山流来

花草在胡同里招手

楼英楼曼文李可染

名胜古迹闪耀

黄巢王勃钱镠

传奇故事新鲜

这么多的恩赐呀

我敞开胸怀笑纳

斜爿坞

漂亮的村姑

在村口张开双臂

暖风呼呼而来

"我老家就在这村子里"

乡贤榜上

弼文身穿军装

清瘦的脸上透着英气

"藏龙卧虎之处

"必有灵气出现"

我顺道而上

十里溪风翠竹夹道

竹韵竹雅曲径通幽

竹炉山房萤火谷桃花潭

古人在此打坐

五井亭、双子观音亭，由溪童语

神秘的面纱揭开露出谜底

我在俞氏宗祠停留

凤凰从山上飞翔而来

"你家是风水宝地"

对着好友

我这样深情地说

在野人谷拍照

构想一个画面

让风吹进来

设置一个场景

把美呈现出来

你在草地上信步

是千姿百态的花朵

你在水车旁车水

像稻谷一样飘香

你挥动树枝

太阳热情鼓掌

你给鸟儿喂食

溪水叮咚作响

我呢

把你当作梅花鹿

也把你当成彩色鱼

其实你是一顶草帽

在我心中荡起双桨

古树有故事

给一棵树素描

千年的香樟郁郁葱葱

给一棵树拍照

传奇的故事在传颂

"一百一十岁老人

"参加过长津湖战役"

导游指着十八位

曾参加过抗美援朝的战士

这样兴奋地介绍

陈列室摆放着

磨石斗笠锄头铁锹风车

红心广场有

篮球排球乒乓球羽毛球比赛

房屋崭新整洁

道路宽阔店铺林立

我将图片发到朋友圈

雷声隆隆

楼塔之梦

梦从楼塔来

梦也从雾中来

一头毛驴从古代走来

黄巢仍在磨刀打铁

楼英仍在寻找草药

而满街的画

是乡村景色

景色中

你身穿旗袍款款而来

像溪水叮咚作响

像兰花草笑声盈盈

洲口桥上
我将毛驴换上汽车
一溜烟登上了仙台

楼塔三章

昙 花

在青社里民宿，与一群公鸡对峙

松风，花径，修竹，流溪
一个山村标配的风景
不足以描述青社里
返老还童的故事

当一把摇椅开始为我卸下劳顿
隔着落地玻璃
一群公鸡
齐刷刷地仰头望我
似乎我这个不速之客
身上落满了它们难以理解的风尘

它们开始啼叫
以我不熟悉的语言

我相信这种语言应该带着楼塔的方言
以至于我无法判断出音调里的褒贬

夜幕无法阻止这场唱祷
直到凌晨，鸡鸣仍穿墙而来
而我，竟在这喧嚣的洗礼里
回到了记忆中的孩提时候
睡得格外幸福安宁

佳山纸坊

如果白云是纸
那么在山顶上
佳山纸坊算是选对了位置

京放、元书、连史、昌山
这些词，竟是土纸的名称
凭这，我必须对楼塔的古人肃然起敬

遗址清晰可辨
石池、砖础、浆塘、焙弄
材料到处可见
翠竹、黄藤、石灰、流水
而我们，这些天南地北赶来的诗人
终究是赶不上汗青成书的时代

四散在半坡上
像一个个无语的标点

野孩子

穿过稻田，穿过波斯菊的花海
穿过玉蜀黍和白鹅站岗的领地
我，一个来自农村的孩子
在河流的倒影里
见到了自己赤脚奔跑的童年

所有的作物各有其名
所有的野草也自得其所
它们只向阳光生长
只向成熟弯腰

我曾立誓离开的村庄啊
我要如何才能重新赢得你的信任
当我疲惫归来
我的口袋里
灌满了四十年的记忆与风霜

献给抗美援朝战争的老兵（外二首）

周莹瑶

你已然苍老了，爷爷
你深陷的眼睛垂着松弛的眼睑
我不知道我在你眼里
是怎样的模样

你颤巍巍地
抬眼望向葱郁的窗
那里的灯笼
依旧熠熠闪光——

那年你也曾与我一样
天真的容颜，坚实的臂膀
还喜欢剥田间的玉米棒
也常常好奇地幻想
天尽头，与大地相接的地方

炮火如虎狼，侵袭祖国的土壤

你毅然身着军装，志愿军成为你闪亮的名字

故乡的稻田啊，在泪影中不见了踪影

故乡的风啊，是否还能送来一缕稻香

——也许永远回不来的地方

炮火在弹奏残酷的交响乐

这片土地已经被侵略者践踏成泥

爆炸把黑夜映成白天

一瞬光明伴着一阵尖锐的痛

倏然，朝鲜姑娘的白头巾

绣上了殷红的梅花——

那是你的血

今年的稻谷很香

不是吗，爷爷

就像你小时候一样

岁月攀附在你的脸上

如树木的根脉

但依旧不会遮蔽你

信念的目光啊

——你的目光依旧闪亮

是你从军上路时

意气风发的模样

听诗记

骚动起来了
我的诗句
他们要发动一场政变
夺下那个喧嚣的话筒

他们盛装打扮
想要披上语言的外衣
再系上音乐的丝带
舞蹈　旋转入天地的舞池
与夜月一同炫舞

"我生来属于歌唱"
他们呼喊着，咆哮着
我手忙脚乱地安抚他们
给他们锁上缄默的封印

不，吟哦吧，我的诗歌
我是你忠实的聆听者
等你如蝉鸣一样嘹亮的时候
与你对唱的，会是炯炯星河

伊人何处

老树，你的枝丫是爆出青筋的手掌
你可否知道，萦绕于你的炊烟
何时换了人家
你的躯体是屹立不倒的塑像
为何每一寸
都有流泪的刀伤
你还在想念那年围着你做游戏的孩子吗
他们现在会在哪
你还在思念于你身旁歇息的农人吗
他们的汗滴，今天浸润了哪一寸田家

那年天很暗，利斧和镰刀把空气搅乱
满头的绿发落满一地
上面布满了奔逃的足音

他们现在在哪
大树回答
在这里
在脚下的泥土里
在微凉的水流里
在每一寸的血脉里

献给抗美援朝战争的老兵（外二首）

楼塔四首

寿劲草

那一片荒草地

那是一片必然的荒草地

它要在收成旁边

形成对立

一些纯粹的野草，间杂着野菜

它们的头部没有粮食

它们的腰肢，大大小于盈盈一握

这些纤细的身体扛不动灵魂

和颂词

但是有风指导它们的舞蹈

作为好学员，它们依次倒伏或者

为这个秋天献祭

呜呜的哀歌。由于有用的事物太多

它们要用无用论证明未被开垦的人世

备份一个轻一点的世界也是好的

在粮食对面，逃离蠕动的肠胃和
翻卷的舌苔
也是好的

稻草人

在野孩子自然部落入门处
站着四个稻草人
一个鼓掌，一个躬身，其余肃立
稻草的门童
太阳退役的升旗手
给我们提鞋，整衣，恭候我们这些
超龄的孩子
不过我们的光屁股丢在裤子里了

我们涂在笑容上的污泥丢了
我们衣冠楚楚
参观了活着的稻米，玉米，回忆
用手机相册带回一朵
放大了尺寸的花
但在我们进门时，稻草人没有引诱一只
调皮的麻雀

大同村

狭隘是我的另一面渴望

比如一爿瓦舍挤在一个山谷

它们不要更大地域

我愿意被剥夺一望无际

寥寥无几的白云

擦过一小块天空的窗玻璃

它仍然是白的

而替夜晚准备了星星舒适的会议室

并让乌鸦和鹧鸪自由发言

因此，肤浅如怀念

端着一座繁华城市的怀念

村庄里的薄粥

不过此时，感人的咸菜仍是青菜

板栗离开了刺的房子

令成熟变得甘甜

大同村，拥有我全部最老套的梦想

依山而筑，清澈的溪流

勾兑掉一半痛苦

唯一的路如线

回收每一只越野的风筝

而当我想要写诗

它便取走了我的所有意象

我们的田

玉米养着我们的乐趣

我们的身体
已有超过身体的食物和堆积
一面太重，另一面太轻
我们的老迈，要抡起一把锄头
向天空讨要一垄红薯地
一片稻田，提供久违的饱满
靠田塍的那排谷穗，挽留蜿蜒而来的裤管
那五湖四海的寂寞
我们拉近了自身的儿童
穿插其间的稗草，高出了稻谷
在此时洗白了它的贬义
并成为土地的译员

我们的一亩三分地
有那么半日，隐现于楼塔大同村

楼塔四题

何玉宝

大同三村的过客

有人为山水欢呼
有人为偶遇赋诗

宁静里忽然沸腾了起来
因为有诗意在飞扬
大同三村的夜，用耀眼的霓彩
迎接了一群远道而来的人

霓彩在夜色里照亮我的眼睛
也带着朗诵者穿越烽火岁月
和田园诗画
让我的心情跟着绚烂起舞

后来，还是等来分别

一个诗意之夜又悄然归于寂静
我随着返回的人流
成为大同三村
带走记忆和风景的过客

在伊家店看到陈氏土烧

盛酒的坛上贴着喜庆的红
而我喜欢坛里的白
就像伊家店无伊一样
有些想法总是对不上号

和一个喜欢酒的人说酒
他喜欢的
肯定不是你的说辞

数百年传承也好
有多么醇香也罢
都不如摆几个小菜
坐下来小饮一场

当你想起一副蒸馏装置
想起一滴滴酒
像甘露一样滴入咽喉时
领路的导游

楼塔四题

已经带着你离开了酒的幻想

野孩子自然部落随想

对于一个记忆里装着苏北大平原的人来说
水稻、玉米、菜园子以及鸡鸭
都不是稀罕物

稀罕的是，多年以后
我失去土地所有权，还能坐在一片田野中间
看格桑花带着高原的绚烂
落户江南

和一些人为此沉浸

种下玉米、水稻和各种蔬菜
养几只大白鹅，不为练字
专门招待不速之客
回归到用粗茶淡饭招待朋友

在野孩子自然部落拉住秋风闲聊
和晴朗的天空感慨流年
这是我曾经生活的相似之所
却成了多年后重新向往之地

佳山感怀

南宋淳熙庚子的一场祈雨
为祈雨寺证明，古老的风调雨顺
是深刻在佳山骨子里的信仰

八百四十一年后，在导游的引领下
从祈雨寺出发，沿着山溪
去萧富古道。视线被毛竹挡住
茅草和碎石铺成的路延伸进神秘

从佳山坞到木坞，需要多少脚步
才能丈量出，出萧入富的时辰
作为过客，这个猜想又一次神秘

从萧富古道回到祈雨寺
六月十四早已过去，祭拜的盛典
要等来年。永葆一方风调雨顺
却长留佳山，根植民心

楼塔三首

王 瑛

楼英，今夜与你相会

千疮百孔的心脏上，一个英雄站着
一张白色处方，被小鬼和病魔包围
戴着索命铁锁的患者
挣扎着，呼喊着

一块荒芜枯败的地里
你化身农夫
开垦，清扫
用独特的原力，把枯枝败叶换成
青山绿水，虫鸣鸟叫
那些生于楼塔，长于楼塔的人
获取重生的喜悦

你是一个病毒体

侵蚀着我全身
让我在桂花飘落的空间，走近你
从前朝到后世，把你想了个遍

等你很久了

楼塔的山，楼塔的水
楼塔的气息，楼塔的人
红着脸，在我耳边说
等你很久了

这世上最美的情话
在这密密的森林尽情流淌

古道深处的贞女亭
白云般的古村落
醇香扑鼻的土烧酒
千年守护的福运树
纷纷向我索爱

萧富古道上
一个书生跨越时空
给我讲述贯穿朝代，运往行来的故事
站在纸坊旧址
我醉倒在书生的故事里

耳边传来他的轻语：等你很久了

大同二村，你的名字叫英雄

大同二村的英雄树下
永恒的画面，浮现

戴着竹编帽，背着负重包
进朝鲜，过大江
战火，势不可挡

从小到大，由弱变强
二村的小伙子
会师鸭绿江

鲜血染红了江面
乌云密布的白色恐怖下
扫射出一串串子弹
无情地穿透胸膛

英雄倒下了，英雄又站起来了
一个又一个，一茬接一茬
星星之火越烧越旺

曙光出现

一位百岁老人走来
历史永远记得你
大同二村的英雄

大同二村的一棵柿树（外三首）

东方浩

一堵高大的围墙，无论多么高
都无法拦阻一棵柿树的
生长和结果
就像此刻，十月的秋风中
它满树的红，挂遍半片天空

无限的蔚蓝
就是一幅辽阔的背景
这数不清的柿子
这大同小异的红
让五十六个诗人整齐地仰望

疏疏朗朗的黄叶子，再也遮不住
柿子们的红和甜
霜降已过，更多的甜蜜
还在不断添加中，更多的炭火般的

暖意，正在秋风中阳光一样传播

如果我有翅膀，我要飞上枝头
我诗歌的尖喙，必须啄破那层光洁的皮肤
是的，我的目光无法摘下那一枚柿子
但一座古老村庄的大同气息
就要从今夜开始弥漫我的全部梦境

相遇一枚红豆

在萧富古道边
一棵矮小的红豆杉，它青葱的枝叶
在秋风中蓬蓬勃勃

那么多人仿佛熟视无睹
那么多人从它的身边无言走过
只有一个身躯低下来
只有一双眼睛透过茂盛的叶片

发现一枚红豆，它红色的光泽
真的如同那行诗句，被秋风擦拭得
熠熠生辉，而此刻被更多的视线缠绕

一枚小小的红豆红得让人心颤，更多的
青色的果子，还在奔向红色的途中

在生命的秋天，在寒冷日渐加深的时候

与一枚红豆猝然相遇，我不敢采撷只是默默凝视

洲口桥上

洲口溪的流水，在黄昏的光线里

哗啦哗啦地响着

仿佛是急着要把楼塔的古老和沧桑

告诉我这个陌生人

而我肃立在斑驳的洲口桥上

青石板的坚硬与平静

似乎是与生俱来的品格

它们承受了多少岁月的风霜

那些一岁一枯荣的苔藓和青草

更像是一种文字，记录了楼塔的全部时光

我短暂的停留，无法掌握一首诗的

起承转合，但流水的声音已经深入了我

这样的黄昏时刻，我不能够成为

楼塔的一缕炊烟，也不能够成为洲口溪的

一朵浪花，可是我内心的旷野上

流水的方言，仿佛一群马在闪电般飞奔

希望的田野上

红辣椒、黄玉米、白蒜头
在阳光下闪烁光亮
只是一根青竹的晾杆
就这样说出了收获的喜悦

更加广阔的田野上，晚稻已经垂下头颅
它们在等待镰刀或者收割机
而秋葵，最后的几枚果实不再青绿
它们灰褐色的皮肤下，储藏着另一季的种子

一排酒坛，在秋风中还没有启封
一种歌声，已经在野地里起伏
格桑花缤纷着铺展到山脚下，一群孩子
踏着童谣的节拍，从田间小路雀跃而来

大同二村的一棵柿树（外三首）

楼塔，在南方之秋（外二首）

任 芳

就像南方也有南方的气候
桂花的缺席，是秋天在加速中
一再重申：时间深了
神是仁慈的
金黄的盛大，是最高的奖赏
甚至，为了在场
景物已经高悬，成熟于
一棵棵变色的柿子树

而这样的季节
本就偏僻如一个千年古镇
从洲口溪开始，脚步经过
青石板的道路就有了
紫菀、鼠尾草、苎麻
在通往更远的古道
它们像言语般被栽种

生根，接着像群山一样起伏
涌入人的眼帘

在楼塔，世界就与大地相关
时间就与时间相关
一阵风在稻米里成型
再给一条河游动的形状
等坐下来的时候
暮色已在空中跌落
溪桥上，一只白鹭，飞往
更大的安静之中

南　方

"像南方一样丰饶"
语言掉落的时候
田野就会接住
譬如一个村庄的名字
生在土地里，阳光照耀
风景就像时钟般拨快，然后
回归到新的阴影里

石灰、稻谷、竹料
如果还要丈量
它们是最好的物证

并擅长一种交换
在行走的内部，脚步
安排了商贸的通道
只等走湿山野，便能随时往返
踩绿山石砌铺的竹林

南方诗人

几乎没有过敏
诗人对世界的接触
有时却等同于风暴
或一场雨水

对应于一种聚会
十月给古镇带来礼节
一番辨认后，仪式的弧度
比时间要圆，也更深刻

这种相认，近乎一张门票
写着一样的词语
在偶然的必然中
文字向着彼此缝合

楼塔寻访记五首

钟　钟

稻　田

穿行在一片稻田
我好像遇见了童年的故乡

看着饱满的谷粒往下沉
我好像看见了生活的本义

突然明白
父亲母亲从不让我割稻谷
是为了让每一粒谷子
都能进到谷仓，进到我们的胃

那时，父亲母亲在山间的梯田
种下稻谷，每一粒都是他们的汗水
都是他们向生活交换的青春

穿行在一片稻田

我看见一位老人扛着锄头走来

我们交谈，我假装听懂了他的方言

真诚地赞美他的稻田

赞美我的父亲母亲

竹　山

我来到这里时

山风正轻拂两岸竹山

那青翠山色与我一见如故

令我心生欢喜

又惆怅于记忆的遗失

沿着小溪而上

我始终关心着台地上的菜园

它们有着故乡的容颜

但让人悲哀的是

我忘记了菜园中那些养育我的蔬菜

它们曾经是我母亲

最亲密的伙伴

古　道

古道还在，只是那些穿越古道

前往富阳售卖元书纸的商人

还留在时光深处，无法归来

山风还在轻拂竹山
这一日的山间，古道透出历史的遗迹
好像在述说它的曾经

那时只要走过古道，就能在山间
用半生来讲述这一程的境遇

樟　树

我们围着樟树拉了一个圈
三百年的生长
又怎是五个人的臂膀
能够解释的

这些年它立在村口
已经不再只是一棵樟树
它拥有了更加辽阔的生命
立在岁月的土壤中

基　地

野孩子基地
更像是田园诗歌的另一种写法

它在田园里构建了
属于现代的意境和使用方式

这是我在离开基地后
躲在城市的秋雨中写下的怀念
每天都有孩子们
拿着书本从我身边走过

有一天，我听见他们的问题
丰收是什么样的
秋天为什么是收获的季节
使我猛然间想起野孩子基地

除了田园诗歌的现代写法
它还在坚守着一些词语最后的物象

锦绣之国楼塔（外二首）

沈秋伟

这小小诗国，这浓缩的美
这偏安于一隅的晋时风流

那些修炼灵魂的药石
在此国筑巢，然后鸣唱

我循声而来
穿越意境的隧道
眼前好大一片锦绣
大同一、大同二、大同三
这三朵竞放的姐妹花
同时向我吐露芬芳

我怀疑这是到了外太空
在银河系外的另一个星球
这小小诗国，众仙居于其上

引曲水流觞，引秋虫轻唱

引得我等酸朽文人

每年啸聚于此，醉眠仙乡

醒来的诗人在流云上写满幻想

有的悄悄拐走几颗星星

其中一个更胆大妄为

紧紧抱着楼塔的月亮

不肯放手，沉沉睡去

通体发出清凉梦幻的光芒

楼塔之夜

迷宫，一座美学迷宫

夜色迷离交织

构成她矜持的面纱

面纱里面，包着玉质的魂

被唐风吹疯过的痴情

被宋雨淋透过的迷恋

要不为什么有那么多诗人

举着语言的铁锹

年年来这里采挖诗的黄金

楼塔真是一座诗的富矿

怎么挖也挖不完

一些矿脉，诗意的品位极高
一些矿脉，通向少女的心跳
一些矿脉，也通向中年的怅望

佳山岭

它一定通向梦境
通向白玉砌成的天阶
通向这个时代最美的比喻

诗人们在这条道上来来往往
去白云城里逛街
采集那里的诗性生活
然后返回烟火缭绕的人间
继续他们生命温情的起伏
他们从此学会了新的修辞风格
所有的夸张都渐渐变得谦虚
所有的象征都练就了柔软的身段

它一定通向《诗经》
通向《古诗十九首》
通向细十番的山高与水长

跟着山脉起伏五首

胡理勇

稻　田

再一次去楼塔，真想去看看
晒着丰收的稻田
它跟我有一样的经历——
旱过，涝过

阳光特别钟爱的稻田
秋风特别喜欢抚摸的稻田
我看到的，仅黄金般的一小块
如果所有的土地，都翻滚稻浪
那种壮观啊，将多么骇人

让我祖父，心惊肉跳的稻田
让我父亲，扬眉吐气的稻田

我到稻田边的时候
所有的麻雀，在忙着收割
所有的田鼠，在忙着修建粮仓

该庆幸，现在我看到的稻田
那一片金黄，成了风景

古　道

对古道的认识，我很感性
粗糙的石头砌成，跟着山脉起伏
只要你有耐力和决心
可以送你到人生的终点

古道对自己的认识，很肤浅
驮过风，驮过雨
驮过的苦难，差点把自己压垮
驮过多少日月星辰
可是没意识到，自己会走向死亡

我们赞赏古道
其实，是赞赏我们的先人
道路很重要
没有道路，不知走向何方

我们重走古道，短暂的距离
仅是怀念而已
四通八达的高速公路，修在边上
仍有人认为，古道最为可靠

村口的古樟树

它，见证时间是一种毁灭性原因
一切费力的创造
最后都沦为令人悲伤的废墟

它默坐阳光普照的村口，粗大的根
长到时间以外
识得许多风，许多雨
认得众多的灾，众多的难
看了那么多的新生，那么多的死亡

二百岁了，快活成妖了
但这是人类的看法
枝繁叶茂，翼护之心，始终未改
秋风再度来临
它，体态从容，似乎事不关己

它的目光，饱含浓郁的香
庞大的身躯，锯板，可做高档家具

觊觎之心，防不胜防
这是我最担忧的

洲口溪

洲口溪在黑暗中"哗哗"流动
其实，白天也是这样流的
只是，白天说的是人话
夜里说的是鬼话

洲口溪在黑暗中"哗哗"流动
像一个天才的音乐家在独奏
天天活在这天籁之音中
人丁能不兴旺，六畜能不兴旺

细十番的演唱，空灵，婉转
好像被这水的灵魂附体——
群山之下，历史之中
哪条河流不是母亲

我想认识阳光下的洲口溪
不在乎岸芷汀兰，鱼翔浅底
不在乎杨柳垂堤，老鱼吹浪
最大的美——清和明，是否依然

追 忆

楼塔，是乡间小镇。楼塔的夜
没有黑暗
所谓的黑暗，是一匹狼
紧盯着篝火旁瞌睡的人们
谁捡了根痛的火把，扔了过去

楼塔如果有黑暗，也是光明中的
黑暗
它是傲慢的，至高无上的
被诗人们所拥有
乖乖地，躺在诗人们的怀里

我故意打翻了普照天下的那盏灯
我身着黑夹克
比黑暗，还暗三分
黑暗紧贴着黑暗
我们爱得，难解难分

许多关于黑暗的描述，都不准确
凡生命，总在最黑暗中孕育

大同村纪事三首

冰　水

大同三村

风撩开树木的枝丫。繁花落尽

你看不见，宁静的事物在乡野古道
行色匆匆。它们携带着六百年的光阴——
老樟树因此呜咽不息，存在
竟是消失的缘由。崭新的钟表
只会让时间更加黯淡

村庄因而失去边界：一村、二村和三村
空间因而失去边界：老酒坊、新学堂和造纸厂
那阴影覆盖的田野
因而与果实失去了边界

酿酒师在他的一生里穿过酒水

他的想象隐于老泉。他的秘密

独立于整个世界——从萧山到富阳

风松开蓝色

并勾勒出农家的惊喜

具体的农人

具体到花开花落，麦穗摇晃

具体到风在奔跑，松鸦低鸣

具体到一个不明确的年代，我们成为

时间的靶子：婴儿般的悲伤

丧失期待

再也抱不住季节的换肤术

和飞虫的羽翼、发烫的空气、昏黑的暮色

而在臃肿的记忆里

没有一个农人是抽象的

他们是五谷和百草的朋友

他们轻而易举地把火苗

安放在蓝色星空下

而我们在意象和命理之间

收起所谓的锋利

致樟树

每一棵樟树后面都有一场雪
每一场雪中都有一个古老的村庄
这就是江南，这就是
一种润泽和恩赐……

樟树的嘴唇说不出它的任何一个想法——
流水湍急，季节根深蒂固，石头
释放出光线的脆响
落进肥沃的泥土，落进晨昏

没有一场雪会在它的梦之上
吸尽它从未说出的语言。正如
风吹来隐隐的钟声，相会与别离
都伴随着樟树和樟树的芳香
它们轻轻摇曳
它们充满我们

楼塔两组

沐 荷

辛丑秋楼塔采风组诗

——那一片村落和田野

装不下太多愁

若非洲口桥只取一瓢饮

古镇便难以言表

穿越千年，只为见你一面

光阴落下，在青石板上成霜

桃花浅酌了一把十月里的小春风

三三两两，不敢过于造次

丹桂终于赶在立冬之前

金的银的，纸包不住火地涌向枝头

花朵们表示，节气不会忘却承诺

或许，她只是不愿提及一个寒冷的词汇

被草木治愈的心就此安放下来

总该取舍一些东西吧

老屋装不下太多离殇

祖辈们将之交到我们手中，便匆匆离去

我们也匆匆离她而去

她同村子一起沉默着

忍受枯萎，挣扎在腐朽的边缘

让枯木逢春的，也许是乡愁

然而枉自忧愁，是一树孤寂的风景

乡村振兴的号角声起，丛林一呼百应

炊烟袅袅，缭绕一张张新的面孔

马头墙上新写的故事真实发生过

有的人早就知道

有的人第一次看见，但今天

让我们一起重新读一读村庄吧

读一读几千年历史的中国村落

它的叙事是否顺畅，结构是否完整

还有她的表达方式是否恰当

主次是否分明

一个延续了几千年的村庄，装不下太多愁

理清主旋律，唱响新时代

楼塔无塔，正合她的选择

楼塔两组

等你很"酒"了

躺在男人的臂弯里，你胜一朵娇羞的莲
纤细的腰肢托起酡红的脸颊
一呼一吸紧扣我的心弦
你说，等你很"酒"了
晚风微醺，我仗着酒气向你走近
但我不是登徒子
我不会贸然霸占你的心房

抖落一身尘埃，蓑衣把晴雨挂在墙上
犁锋切开一抔抔芳香
你将柔情深深植入脚下的土地
便有强大的生命向上勃发
过了秋天，一切又将安然
盘踞在屋子的某个角落
听，十番细数余年
狂热的诗和着醉人的酒，在你的天空飘荡

我心怀故乡的明月而来
你捧出清泉相照
借这水光细嗅你的芬芳
为何历经沧桑，你的风华更茂
在江南的烟雨里，我们是彼岸的花朵

各自绽放，临水相望

我的到来能否荡起你一丝丝涟漪

不及酒杯斟满，不及故事收尾

只因一句，等你很"酒"了

我便不胜酒力，恋上了你的风华正茂

做回孩子

我们不向土地讨要庄稼

我们向她求取一粒快乐的种子

田野卖力开出各色小花

谷子倒挂一颗敬畏之心

稻草人头戴小红帽

笑那个掰玉米的小孩，不懂什么是成熟

有人即兴表演了一场丰收

被打落的词汇在稻桶里堆砌成诗

也有干瘪的谷子被风吹走

我们坐在草垛上

从头到脚给自己涂上一层太阳色

麦草秆酝酿的温暖和馨香

酣畅我们的四肢百骸

小草还是年幼时的模样

可我们已记不清她的许多种玩法

甚至叫不出它们的名字

耳畔响起一支《故乡的云》

突然就想起了

稻草垛后面闪出一张满是泥巴的脸

秋的田野里就算没有了童年

空气中也满是快乐的味道

一群写诗的人得到田野的许可

撒娇卖萌，做回孩子

但是泥巴们分得清清楚楚

不肯爬上我们假装的脸

辛丑秋楼塔采风组诗

——共享犁的锋芒

共享犁的锋芒

抽离土地的温存

铁片的锋芒锈上了泪迹斑斑

一旦撒手，木柄将痛失

所有的温润和光泽

当隆隆的机器声代替夯吃的号子

当铁片和木柄躲进逼仄的角落
丰衣足食的人们，心头空落落的慌
几千年的刀耕火种
多大的风雨都没有熄灭过
今天也一样
他在大同二村，以共享的姿态
与我们重新建立链接

农具一旦打开锋芒
盛放它的屋子便热气腾腾
你看墙上的蓑衣书写着阴晴
墙角的箩筐盛放圆缺
还有堂前的一张犁
为共享展示出新的锋芒

一蓑烟雨

撑开一蓑烟雨
她紧贴底下那具温热的躯体
遣词造句，一起探讨行间距
蹚过油亮亮的水田
回头望见诗千行

斜织风雨，来去自如
田埂烙下，一顶斗笠一袋烟

楼塔两组

071

草青漫向草鞋黄

卸下这蓑烟雨，他是谁家翁

蚯蚓惊起丰满的弓

山里人的海，泛着潮红的光

面对这片赤诚，锄头挥织一张网

朵朵泥泞的浪花欢腾开来

蚯蚓惊起了一张丰满的弓

唧唧声是它离弦的箭

半亩七分地，一寸寸去开掘

一锄锄去打捞

谁为这江山添锦绣

麦子黄了高粱红

镰　弯

深深地弯腰

一头紧握稻花香，一头收割麦草黄

手上的茧有多厚

锯齿上的穗子便有多沉

一把一把捧起地上生出来的希望

他瘦削的肩膀扛起了所有

从田间到谷仓，不敢有一丝纰漏

牙齿日渐迟钝，抱不起一根稻草
它的腰，愈现一弯新月
勾起了漫天的星辉

稻草耙攒起了火塘里的暖

童年的山坡铺满松软
那是无数锋芒叠加的温柔
这片温柔煮沸过凛冽的风
温暖了火塘里的灰

稻草耙的七个手指永远忠于地面
她为我攒起过火塘里的暖

谷物的今生和来世

如果她足够丰满
她将被风车选为嫔妃
乘上竹篾编织的轿辇
赶往丰收的名场面
开始今生的等待

也许，她将等来一场洗礼
剥去金黄的外壳
着一身洁白的婚纱，继续等待

等有一天洗去铅华
接受烈焰的炙烤
蜕变出一颗成熟柔软的心
那么，她将历尽今生的繁华

但也许，她将等来一场春风
等到一双温暖的手
把她紧紧握住
还有那深情的眸子
目送她走向波光粼粼的田野
那么，她将拥有
无数个自己的来世

大同二村的古樟树（外三首）

黄祥云

三百多年了
村口那棵古樟树依然葳蕤

新枝旧干在风中轻摆
巨大的树荫
仿佛玄妙的道场

一代又一代村民
在它脚下造纸酿酒
成长老去

那龟裂的树皮上
凸现的是古老的隐喻

那绿色的叶脉中
流淌着神奇的启示

当你满怀未来的期许
请朝它虔诚祈祷

当你悲喜难抑
也请触摸它的芳香与安定

一棵系着红丝带的福运树
就是一尊崇高的守护神

萧富古道

走在苍老的石径上
就像蹒跚在历史的深处

一块块条石
仿佛不朽的琴键
抑或诗意的竹简

那些挺拔的竹林
一如昔日的青翠

那些潺潺的流水
一如当年的清澈

往事越千年，我不知道

石道上遗落多少传奇

我只知道它沐浴过的音韵
比满山的杜鹃花更红

因为传承了一唱三吟的唐诗
这里的鸟鸣才如此婉转
松风才如此多情

佳山纸坊旧址

从笋长成竹
需要四个月时间
从竹到纸
需要两个月时间

把嫩竹捣碎
用石灰水烧煮
落塘霉腐、打浆撩纸、焙笼烘干

一次又一次粉身
一步又一步重聚
在阳光的熨帖下
黄纸白纸跃然桌上

所有的美好事物
来路维艰
当你在佳山纸上挥毫泼墨
请怀着敬畏和悲悯

因为经过水与火的多次修炼
它才脱胎换骨
带着阳光的味道与你相遇

野孩子自然部落

这里无疑是孩子们的乐园
他们的自然部落

这里是彩色的世界
天蓝云白，树绿稻黄
还有五彩缤纷的格桑花

在小帐篷里下下棋
在水车上蹬蹬腿
在草地上打滚撒野

去结交好多好多朋友
田间蚯蚓，叶上蚱蜢
还有骄傲的芝麻和黄秋葵

其实，成年人更需要来这里
用白云和露水洗去污垢
用孩子们的笑声
驱散心之阴霾

楼塔之歌五首

李 萍

农家柿子

当秋天足够浓烈，我就沉浸其中
一醉方休。有些话不必说出
满腔烈火烧到了喉咙口
像休眠火山，滚烫的岩浆暗涌

秋风一遍遍拉响警报。霜降来了
该收拾行装，让出枝头
一只野果的位子，不轻也不重
恰好够得上与蓝天交流

在大同一村，我与一株柿子惺惺相惜
小院落可以栖息大境界
比如容纳与退守。离枝后的命运
被竹匾和金阳细心呵护

野孩子基地

昨夜风声消隐，在晨露清澈的心河
梦里的苦涩和星光的甜美
一同被朝阳抚慰。看呐

晚稻把沉甸甸心事藏在腋下
金灿灿的外衣像旗帜，标明
秋天完好如初。玉米、黄秋葵、芝麻

过了欲说还休的时节，深思之后
向大地交上饱满答卷
流水瘦成一缕光，擦亮白鹭的翅膀

水车旋转着，如时间的幻觉
植入广袤原野，催生新一轮播种与出发
风携手炊烟，一边撒欢

一边吹哨。来吧来吧
茅草屋已搭好，秋千架空位以待
柴火灶炉膛正旺

夜宿青社里

风头已过，月亮有中年的不动声色

群山环绕寂静，一种默契
潜滋暗长。村庄轻轻摇晃
蟋蟀哼着摇篮曲，安心歇息吧

喧嚣远在十里之外，镇上灯火易迷失
此地，夜已沏好桂子茶
木窗下溪水温婉。为月色梳发辫
而泠泠之音，递给晚归人

一颗定心丸。村口石牌坊忠心耿耿
护佑昼与夜的小脾气
即使霜降下来，冷冽浸入纹理
脊背依然挺立，礼貌而周全

梦里红薯香甜，芋艿丑萌
农家的憨厚与勤劳，晨鸟奔走相告
别管昨夜星辰
还亮否。曦光已叫早

村口古樟

浩瀚时空，我执一念守一地
修炼飞鸟和蝉的境界。无我抑或无着
匍匐大地，牢记一抔土的恩遇
向四方虔诚祈祷

安身立命的村庄，少灾多福

而风雨从来不讲道理。吹落的不只枝叶

更有鸟雀的音信和天边的鸽哨

圆月和朝阳

从我残损的肩头爬起。女人们蓄势待发

把隐忧和苦涩含在嘴里

把爱与愿景种进符咒，贴近我心

有一种连接，关乎命运

关乎心有灵犀。百年孤独吗

村与村已融为一体

我看见两个人来到同一片树荫

说起秋后收成和来春稼穑

过楼塔溪

你从东晋蜿蜒而下，边走边领会

阳光撒落的神谕。仙岩山深谙陪伴的意义

用注视诠释不离不弃

山中有寺，寺里有经

经文被溪水日夜诵读。熟读经书的水

喝过的人，会长出善良和仁慈

碇步一级一级走向时间两岸

水涨了，水落了
而水中石头坚信

这一方土地，会唱歌会吟诗
会生出铁骨铮铮的儿女。洲口桥把耐心
铺平，迎风送雨
古老之躯与楼家烟火相依

一树乌桕叶锦鲤般，游弋在秋风中
新廊桥像一艘乌篷船
在细十番的欢声笑语里荡漾
而你一如既往。奔向心中的大海

在楼塔，登上秋的末班车（外二首）

毛佳钦

远山落日，悠悠古道散落了

垂钓亭斑驳的秋影

溪水流金，茫茫天际回忆着

白鹭回眸的那一刹

楼塔小巷，仙岩老街

横冲直撞的单车，一路向西

追赶着晨昏之界

西风袅袅，万木深秋

换上新装的秋叶，舞步翩跹

带着春夏的气息，登上

暮秋的最后一班车

秋天的心动

深秋的风，最是胡闹

刚还躺在泛黄的草垛上撒娇，如今

又缠着秋樱前去远行

脚下的青石，难掩愁容

倚着斑驳的花影

不知，如何挽留

光影流转

相机快门留下了

一整个基地的诗意

纸笔摩擦

字里行间收藏着

这个秋天全部的心动

与斜阳同行

砖瓦镂窗，绮错千年

编织成这方圆古韵

我悄然路过

停留在老屋巷弄间

恰逢远处暮色四合

西行的斜阳也彳亍于此

光影间，我们相谈甚欢

青石板上，我与它结伴而行

古镇的弹石路上

一人，一影，一残阳

铺就着走向诗意的远方

以楼塔之名（组诗）

刘冰心

楼塔有条河

忽略了正在哺乳的十月

如何以凉意裹挟

顺着黄沙的记忆，你目睹着

龙潭桥旁：一株河草的摇晃

豪壮、蛮横、张扬

从而弯折出楼塔的傍晚

两道昏黄，转眼汇集

你迷恋着，这涌与柔

几千年前的河潮，沸腾着将我怀拥

揉碎，再拼接

伴随着河草的弧度，我与楼塔

一同灿烂在十月的温度里

小楼昨夜又东风

"尽管凭借柔软的骨头
"我依旧能嗅出风的颜色。"
暖与冷交织，那几秒，落桂像是淋糖浆
一抖，再一抖
楼塔的风，于是挂满甜丝

偶尔收集
眼底不可及的光
折射出八千石阶与林子的能量
神秘，清澈
并且接近，无限赤裸

面对楼塔，面对
风鸟、阳台与琐碎
请你将速度慢下来，再利用这慢
捧起黄昏与鲜活
埋进百药山——两棵青樟中央

楼塔色彩

面向你快速移来的细十番
声声。似火似石

挤压碰撞
尽管叠加、丰富
却不拥挤
像稻田里进而爆发的沉重
金黄与金黄堆积，扎实地。粒与粒
呈现光阴、多情与真挚
——融进了眼和耳

"好些时候，我被渴望所盘踞"
渴望下一个合奏的高潮
渴望第二片山田的丰收
幻与真相互截取
而我终于抵达，色彩中的楼塔

像一个时代进入饱满状态（组诗）

六月雪

煮镬

毛竹还在楼塔茂盛成长
煮镬内布满青草

曾经的生产悄然改变
像你我的书信，泛黄，不值一翻

浸坯、断料、腌渍、烧煮之工艺
亦成为一种语言能指

我们仍结队到此，烧煮着集体的回忆
不远处，毛竹还在楼塔茂盛生长

稻谷又黄

一块黄布铺到村庄尽头

自然有着神秘的催化力量
催促我们抵达
敦促成熟者更加成熟

像一个时代进入饱满状态
亦如一个人快接近喜悦边缘
我跳下去割稻，扮演
没有镰刀的收成者

有时候，收获与失去
来得毫无准备

闻香一

楼塔的桂花开了
像一个追寻文学者终于读过几本书
散发着淡雅桂香

我带来十个鼻子
暗暗用劲吸，吸，吸

桂树是慷慨的
不管是远道之客，还是偶经树下的花猫
邻村的土狗。桂树似博学的讲师
把香气尽情赠送，不收取一分一毫

我想起在城市的尘嚣中
还欠眼睛一百本书
不知不觉在树下站得入神

闻香二

香气扑鼻，沁脾的夜晚
尘世污垢
许多事不值一提

群山，村舍，土狗
热情的村民
自留地里挖来的美好赠予来宾

香着你的桂花也在香着别人
不必拘束，能吸就多吸
花落是不远的事

楼塔之夜（外二首）

王少珺

我想知道
在这寒冷的缝隙里
是否会触碰到
蚂蚁那尖锐的壳

我想知道
一只迷途的兔子
是否会再一次
迷失了方向

而一棵树长在头颅里
思想是果实
挂在高高的枝条上
犹如果汁似的口，渗漏出来的诗

在楼塔的天空

回荡
在斑驳的断壁前
盛开

伊家店

空气中弥漫着淡淡的清香
那是从杭州以南传来的
如桂花一般温婉的香
给人隐约模糊的影像

如同这个村庄
我们踏香而来
寻找那个手持丝线
在阳光下缝补遗憾的姑娘

而伊家店无伊
广阔的天空，被遮蒙着的万物
我们始终在寻找那没有地图的生命
或许离此很近，或许很远

等你很"酒"了

其实酒不好喝
人们只是喜欢

那种不清不楚的感觉
在这种感觉中迷失自己

酒，裂开的感觉
就像撕心裂肺
在清醒和迷离之间
得到短暂的个性的自由

而夜是漫长的
地球滚动，我们也跟着滚动
像没有躯壳的零散片刻
在快乐和痛苦中解脱

解读楼塔（外四首）

蔡启发

木。伐薪烧炭的火焰

已在幽谷停息，被当作乔木迁出

神秘的火种延续了万千个年头

不知什么时候

尴尬的树木成了栋梁

站在米字的旁边，谁能想这是什么保镖

我读出了你大堰河一样的保姆

米，人类衣食之母

乳性的喂养，让女儿国家园

失不落王潮

女的下面，是塔的至尊

环山抱田总结出丰盛的果子

土苔，永结同心

木米女，演绎：土草人一口
我们冲你而来，还要求提交三首
而人们，无条件
为组合的楼塔
选择来，或不来……

楼塔，不起眼的小植物

有野孩子的地方
就有不起眼的小植物生长
萧富古道也好
佳山绿道也罢
风景、狗肉、山药的楼塔镇
以及镇外面的每一个乡村

察看，蚂蚱叮在大茅秆叶上
指甲花茎枝金黄
野蓼
野紫素以紫色孤芳自赏

也不是无关于葛藤
车矢车菊，渐次飘香
苦楝树

以及，盘搜搜
缠绕的怪味模样

还有那爬满地头边的小冬青
就像阳春布德泽的梦
招呼着我喜爱没有商量

你吃柿的声音很甜

百果金黄，在冬临的风中
四野错落有致舒畅
脚踏水车，成了体验的重要摆设
晚熟的稻子溢出田埂

仰望头顶，云飘过低矮的山冈
我们坐在露天桌上
吃起了各式各样的水果
现摘下来的鲜甜
是这次采风的主题思想

日月星辰
已是奇缘中的春夏秋冬
新款更是百业的兴旺

岁月无声无情

避开蹉跎，让观赏
留下，联系方式
眼前赋予触手可及是异口同声

我却看到了你吃柿的声音
很甜。很圆润……

等你很"酒"了

几只木墩。一条长板凳
在沿阶上默不作声
天天的酒，与久违的久
人为制造的错位让多少人动心

我心动的心，早已痒痒
爬上贼白的墙壁上
托举着：等你很久了
坐在高低不一的木墩子上
和那位戴大眼镜的绍兴姑娘
眉开眼笑地叫人
照下了一张"等你很'酒'了"的相

走进门槛。四面堂亮
堂屋里，扇谷粒的风箱
以古越的木质，沉默不语

乌油油的酒埕贴上
血红的酒字
招引我走过去蹬蹬双腿
活生生陶醉成，酒祖杜康

寻问萝卜干

早年萝卜干，我不知道是不是产于楼塔
但，肯定记得，它产自萧山
土味的情调有点微辣
不产辣椒的萧山，谁也记得清清楚楚
好味道的萝卜干
如果不记得这次我的来是第几次
印象中的，有过一次夜
就像，这送人情的小包装，现在还有吗
寻问楼塔

楼塔诗五首

水　杨

落在大地的云

百花、钟声和诗人远去了吗？当然没有
诗人永远云想衣裳花想容地
身在抒情与热爱的现场
手持仙岩那青丝绾高髻，不负风骚
不负兰亭的觞，把古朴而又灿烂的岁月
酿制成和香草并列的醇酒和美人
奔赴那，作了
永恒曲水的光阴、历史、故事和美

可以在那流觞一秒长的追求中
安放我百年宽的欢愉么
曾经也是被露珠钟爱过的晶莹少年啊
这一回，还忍心拒绝楼塔的馈赠么
可以让稻穗，那使人无限惭愧的黄金

在心里一望无垠么

"饥渴，是口水的上游，丰收的母语呢"
欢燕的呢喃特别江南
它们的认知确实是飞翔的一部分
无比接近修辞。它们最爱停留在未知
的翅膀
在我脚落地前的刹那做出示范，起飞
飞出蓝天一般的高贵

飞出了一首诗的海拔
有人听到百药山上众神雷动的欢呼
有人听到一把收割诗意的纸
默默、脉脉俯身的动静

"恍若落在大地的一朵云"
说的就是此刻正在与隐士交谈的我吗

疗　愈

这无比魏晋的云，这紧紧抱成一团的
无数鸟鸣无数药名
多好的药剂！多少风流
从此雨打风吹不去

多少诗人，将在闹市和隐者相逢
在山野，和村夫互为彼此的名士

被疗愈的言辞，闪烁在
被满足的乡愁之上
风系明砖清瓦簇新心事的时候
江山如画，谁不想
是画外那洁白、清脆而有余味的旁白

平静的木头则回到了热闹的当代史
它走进开发区夫妻饭店，端坐在一个
叫作生意兴隆的词语中
像一座楼，像一座塔
等待只卖情怀不卖才艺的歌者
或打尖的归人，递出失踪已久的马尾——
琴声不死，琴声何须假设

而鹰飞进了不再被闺阁伤害的诗歌
没有一滴芭蕉雨
还会是一个幽怨女子的泪珠
本已逃脱不了冲动惩罚
差点就要被生活击溃的爱情
带着九月楼塔的葱郁，有幸回到了
开满鲜花的月亮，呈现永恒的芳华

路　过

"春风已改旧时波"
旧时的洲口桥，看见旧时的鱼
纵身跃入诗的江河
看见自己横卧在未来的枝丫上
致敬时代，被每一个人的名姓冠名的
具体脸孔

隐于房檐屋脊的是美好的隐喻
一颗心自带恬淡的光芒
翻炒瓜子花生的汉子
顺手把一个寻常日子，翻炒成
流金的祈盼。炉火不熄
路过的外乡人
把自寻的烦恼，种入一颗进取的菩提

时光永远年轻的叮咚声响起
楼英把怎样使瞬间等同于永远的秘诀
授予了雕像
和在它面前立誓
誓要赶往某场烟火的出发

"这烟火会不会由一半海水

"一半的火焰构成

"烟火中是否有位王子

"在一朵花的新编故事里找寻他的公主"

洲口溪一边想，一边写下秋天的童话

准备路过

楼塔乃至整个世界的锦绣前程

萧　郎

你好大同。你好竹林

佳山岭的清晨在我们的问候声里摇曳

空气中盛放不下的氧分子

洒满衣襟

瘦马早已完成贯朝穿代的使命

萧富古道，重新来到小桥流水的

张望中蜿蜒

我们取走佳山纸坊艰辛和荣耀并存的过往

在遗址之上在季节之外在古贞女亭旁

以清茶、红薯、栗子、米糕、糯米饺为要素

构筑落英缤纷的现代的中国语言

因为我们不是悲伤的过客啊

就算我们的心曾经去过疼痛的天涯
今日，我们都是与伊人相恋的萧郎
都和伊人一同，守候在永恒的秋水岸边
捧起杯盏
一口抿一个天下大同的理想

王的部落

酣睡于童年的阳光
在我们一退再退的记忆中醒来
岁月的狂野之马——
野孩子，越世间所有未泯的童心而出
一路飞过稻草人的无穷守望
飞过白鹭洒落在梦中被风吹动的表白

每一个孩子都成了部落的王
玉米无比淑女的身姿
紧挨着王奔腾的想象之骨架
每一种成长都伴随着绝不盲从的思考
格桑花匍匐在王的脚下，献上多彩的恭维

孩子们踩着水车进入稻香的不朽丰年
更深地抵达崭新的我们
我们身处江南三百一十岁的香樟树下
解开那些从不缺席人生的四抱之围

胸怀仓央嘉措的高原和高远

抵达是种怎样的欢愉
乡村不再满足于深埋
并试图长出各种各样形容词的格言
会告诉每一个
拜见过十八位英雄而又提问的人

楼塔诗（组诗）

徐新花

穿行于楼塔古镇

来到楼塔古镇的，不仅有我
还有抹着桂花香水的秋风
在小巷，在弄堂
甩着裙摆

喜欢这样的时光
夕光在四角翘起的楼檐下走猫步
静心亭内
对弈者无问输赢
落子声声

此刻的我，不再是一只扑腾的鸟
我的羽毛闲置在千里之外
我是一朵过路野云

让身影，游荡在
楼塔河的波心

楼塔古镇即景

在楼塔古镇，连溪水也成了慢性子
好像只要伸出手指
就能搭上它低沉的脉搏

夕光斜卧水面
也兜转于廊坊，砖瓦，窗棂间
而往昔峥嵘岁月，却已然灰飞烟灭
消逝在历史的层峦叠嶂里

视线随着稚童手中的网兜
探进空泛的水中
在无谓的重复打捞中
逐渐谙知了姜太公的心境

彳亍于青石板铺就的街巷
以往所有的日子
仿佛什么事也不曾发生

药　典

紫琪、落葵、蝉衣

商陆、忍冬、辛夷……
那些好听的名字
像一个个带露的清新女子
赤着脚，排着队
从百药山的烟雨中走来

透过历史的重重帷幕
我看见一个叫楼英的才情男子
视她们为金枝玉叶
深深宠爱

这绝美的爱
被他浓缩成一部药典
叫《医学纲目》

相　守

当我们走进野孩子部落
鸟儿们正从铁门框上呼啦啦飞过
稻谷熟透，格桑花娇笑着漫向天际
几只受惊的白鹭
滑翔机一样潜入玉米地深处
而一地玉米，尚怀着身孕

在这薄凉的深秋

依然有那么多色彩与十月相守
让我缺钙已久的内心丰盈得再找不出溃破之处
视线或延长或缩短着反复逡巡
只想探究每一缕风每一朵花每一个果实的来龙去脉

在这美得不可方物的秋光中
总想着该做点什么
不如去草坪的餐桌边
将生活这只杯盏斟满美酒
然后坐看，水车上那对青年男女
将时光踩得清透

邂逅楼塔（外二首）

程豪勇

首次知道楼塔

缘于浙江诗歌节的永久举办地

心目中的"楼塔"一定很"煞甲"

有如塔样的楼，抑或比楼更高的塔

来到楼塔

没有我想象"高大上"的那楼和塔

只是一个处于三县交界处的小地方

源于楼氏在沙丘（塔）聚居形成的村落

走进楼塔

知道了楼塔的奠基人楼晋

元末明初御医楼英和他的《医学纲目》

抗日英雄楼维青和妇女运动先驱楼曼文

东晋名士许询在此隐居羽化成仙的传说

唐诗人王勃为寻访许询足迹留下了千古名句

深秋的夜晚
一曲清丽、悠扬的细十番
令文人骚客们翘首顾盼
思绪，酝酿成洲口溪般的晶亮透彻
表情，映放出仙岩山似的明媚

白墙灰瓦，径流穿巷
古屋、木门、古桥、古樟
雕兰刻梅的门扉、廊檐
曲径通幽的石板巷、石子路

陇上，金黄的稻穗
多彩摇曳的矢车菊
枝头，红彤彤的柿子
甜蜜橙红的橘子
弥漫着醇香的一坛坛土酒……
佳山纸坊、萧富古道、楼英祠堂
纪念馆、记忆馆、李可染艺术中心
将楼塔镇的过往和未来尽情揉捏

幸福人居、文旅融合、乡村振兴
美景、美食和美酒
凝结成一行行醉人的诗文
幻化成一组组动听的圆舞曲、畅想乐
唤醒了积淀千年的楼塔文化

楼塔，诗人为你疯狂，诗文为你疯狂

古樟树

千年前
陈氏先人从中原南迁楼塔
你从此就扎根在这青山绿水旁
忠贞不渝、矢志不移

千年后
你依然叶茂枝粗、冠盖如云
五诗友牵手环抱
仍难以够着您宽阔的胸怀

触摸你的躯干、手背、额头
那种斑驳、沟壑绵延与日渐的粗粝
是饱经千年风霜刀剑
在你身上留下的沧桑累积

你是楼塔历史的活地图
在你的心中
装载着太多的千年变迁
存储着太多楼塔人的生死悲欢

你是一把饱含深情的大伞

用茂密来盛装自己

庇荫着这一方水土

为人们夏挡烈日、冬避寒风

你是一道坚如磐石的屏障

用宽阔的胸怀呵护众生

卫护着这一地的四季常青

为人们带来了勃勃生机

你是万马群里的伯乐

用知人善任、执着老成的智慧

辅佐着贤人志士、能工巧匠脱颖而出

奔向振兴楼塔的新高地

你是一尊百姓心目中的活菩萨

用刚正顽强的仙风道骨

佑护着楼塔人的发奋图强

为他们带来成功和安居乐业

睹物思旧

在记忆馆

看到那些久违的杂物

我的脑海里

就有一个亲历故事蓦然蹦出

箬帽：

台风期，雨天上小学

外婆家没有油布伞

只得戴上外公的大箬帽

不料，一阵大风吹落箬帽

飞进了路边溪坑的激流中

我冒雨站在溪坑边落泪

娘舅拉我回家换衣时还调侃我

稀里哗啦的泪水大如雨滴

蓑衣：

冬日，雨天去放牛

穿着外公做的小蓑衣

站在田埂上等牛吃饱肚子

我才翻身爬上牛背回家

一手牵牛绳一手握鞭子

雨水顺着蓑衣毛洒落

湿透了棉衣袖管和裤管

回家蹲灶炉堂火堆前烤了半天

算盘：

我特羡慕良林同学的父亲

当个生产队会计挺牛逼的

头顶算盘打得噼里啪啦响

账目准确得毫厘不差

待我会用算盘算账时
为了显摆自己的本事
闭眼拨弄了一会儿算盘珠
竟就少算了一毛鸡蛋钱
我为白白损失两个鸡蛋
心疼了好几天

水车：
十二岁的我在生产队跟班
一天记三分八工分
队长派我去车满两亩田的水
与大我三岁的美女表姐一起
或许是"男女搭配干活不累"
我拼力一人背水车到田头
与表姐不歇力地车水
半天就灌满了整丘田
盘腿田头面对面
看表姐唱《红灯记》到收工
归还水车时
生产队仓库保管员笑我
"傻瓜，该下手时不下手！"
我愤然："流氓的事只有你会！"

锯子：
木工来我家做板凳

我借木工的锯子锯烧火柴

锯到过半时，卡住了锯齿

再用力拉动，钢锯条崩断

木工悻然，继而叹息

顾自吹胡子瞪眼睛了半天

而我却后悔莫及

因为我提出要赔偿

木工却不让我赔

我为此惭愧，郁闷了好几天

镰刀：

小学三年级时

遇劳动课下田割麦

为跟大我一岁的同学争第一

镰刀头剖开了左手无名指

像划开了一条鸡腿

白雪雪的皮肉中迅速冒出汩汩鲜血

老师急速送我去医院缝了四针

后悔得我从此不再想争强好胜

土烧：

父亲酷爱老酒

经常让我喝一口他热好的酒

我讨厌醉酒人难闻的臭味

不喜欢那种难以下咽的酸涩

更吝啬买一斤黄酒要花三角二分钱

小表弟四五岁时就偷娘舅的酒喝

听了舅妈的几次唠叨

我萌生了惩罚一下他的念头

那天中午

我哄小表弟到家里

骗他喝下二两邻舍自做的土烧

表弟醉酒一觉睡到转天中午

还眼泪鼻涕地哭闹了一下午

从此，表弟此生与酒无缘

我为自己的过分行为一再自责

每次见到表弟我都要检讨一番

而我自己，成年后

却成了见酒就想喝几杯的酒鬼

还有风车、喷雾器、打稻机、粪勺……

都有一段难以忘怀的故事

与其说

来一次回顾乡村生活的记忆

还不如穿越时空回到以往

再经历一次亲身体验

等你很"酒"了（外三首）

卢建平

楼塔土烧，度数挺高
许多远道来的诗人埋怨夜不够长
酒中花香不够多，虫声不够响
喝到凉风醒酒，阳光擂鼓
还说不出那句垒在心口的呢喃

都说酒能烧红温柔的期待
拿墙壁上箬笠的沧桑
轻碰你装着很土烧的目光
像门外挂枝的水晶柿子
在渐渐喝高的彤红中
明明怀抱玲珑剔透的惜香怜玉

却偏要半遮半掩地对陶瓷托盘说
不能再喝了
我已经等你很"酒"了

楼塔是一棵桂花树

缘分的树从来是摇不得的
你摇，她就藏起芬芳
这跟萧山楼楷的桂花有很大区别
时而扎堆诱惑，时而孤独招摇

如果说到楼塔是一种缘分
到底是谁，握住诗歌的主干
一阵猛摇，那些携着翅膀的精灵
纷纷将馨香收进微漾的金黄

然后，装模作样地
在楼塔的一条古巷中
拉住一位过路的诗人，问
唐诗之路的源头在哪里

在大同村谒萧富古道

沿萧富古道，从楼塔出发
秋天是最好的行囊
从虫声中听取时不我待的催促

途经佳山纸坊

那些春绿夏翠的竹枝

或在煮镬中被水浸蚀

或在塘滩上漂晒一身尿味

于亦黄亦白的向往中

被"荣尧"冠以百年老字号

向绵延的岁月上贡

当然，还可以在古贞女亭歇歇风腿雨脚

然后静听唐中和三年的一纸任命书

遗憾的是，不能在这里停留太久

山谷的幽深静谧，林木的萧瑟纷繁

所有的直线与曲线，都将消失在忧乐的融通之中

此时，我沿着古道

身后是楼塔与楼塔之外的炊烟与狗吠

前面是越深入越容易消失的身影与忐忑

初遇细十番

这次我非辞官而行

亦无著述之心

在桂花的夜色中

用红礼服细叙一个节日的微笑

如果说纵横交错的阡陌也通音律

那些文人墨客般的射灯
早已于笛管箫弦中脱身而出
行姿或坐姿是有目共睹的
但行云流水的手指与气息
却具有高度的私密性

初次见面，倾诉如穿透暮晚的花香
作揖，握手，注目
管它是长生殿，还是桃花扇
前面的人回过头来
瞳孔中早已山峦起伏
耳廓上犹是虚怀若谷

当笙箫琴瑟再一次齐声高扬
诗人们久别重逢的窃窃私语
都瞬间返回到各自的内心

野孩子自然部落（外二首）

李建军

打开一部关于自然的书籍
每页里都有花开鸟鸣
它用立体的野性切开光线
荡漾的池水，若有所思

稻里的金黄
仿佛属于另一个世界的火焰
鸟雀与稻草人的对峙
是一个对立统一的定律

蓝天延伸在田野的深处
流云追逐着奔马
野孩子的手指点亮太阳
每棵草木都是无边的爱

彩色的叶子连接玉米花

灰白色的翅羽摇动野鸭

把月亮的馒头还给天空的蒸笼

唯有大自然，是我们永恒的故乡

读香樟树

叶的澎湃，与风无关

擦拭出天空的碧蓝

点燃着幸福的火种

舵一样的三根枝干

引领着溪水的流向

指挥着村庄的奔跑

溪鱼与鸟巢的絮语

叙述着树的心跳和呼吸

粉蝶与白鹭的对视

蕴含树的深情和忧伤

鸡鸣与汽笛的碰撞

阐释树的思索和期许

这位村志一样的时光老人

向它仰望，汲取互联网般的巨大力量

穿越大同村的溪流

翻越溪流，就像翻越大同村

水的波纹，就是历史的曲线

溪水的花朵，引领着村庄的蜂蝶
像一张张始终变幻的脸

它与巨石的碰撞，火焰四溅
百折不回，像一把久违的钥匙

它每次的旋转、跳跃
都是新资本的聚集、澎湃

它的窗前，有鲜花，有风雨
也有鸟音，啄亮暖阳的眼睛

当它无限接近大海
依然拥有村庄的思考和意蕴

追问的水声像激昂的牛哞
映出牧童鞭打天空的意境

楼塔，美丽的遇见（组诗）

应满云

斜圩村之夜

霜降之夜，凝成满盏月光
轻叩每一扇窗户的灯
越过黑天鹅的翅膀
古村与星星对语

沿着北宋的石阶，节度使
隐居在青山古道
一路的商贾驼队，摇响唐诗
直至萧富的幽曲已经通径

古树屯着历史鸟巢，打盹成
参天的老人。一砖一瓦
触摸到俞氏根脉
清泉淙淙，穿过每一寸肌肤

此刻，一叶而知秋
两人仰望星空，收藏乡音
而古村，像飘着桂花香的女人
被深沉的大山搂得更亲

美丽的相遇

大同村，今晚浪漫得像诗人
将秋夜的星幕铺作诗稿
用乡村振兴的巨椽
挥就共同富裕的诗歌方阵

诗情所至，金石为开
诗刊社助力浙江
声光电，将共富篇章的旋律
在《流韵之源》响起

楼塔，用诗和酒酿制的节目
颂赞《盛世中华》
《人民赞歌》激活千年文脉
也点亮大同这美好的名字

人总喜欢在荣光的地方栽花
所以，当节庆以诗歌命名

浪漫和激情就会形影相随
今晚，我就拥有美丽的相遇

祈雨寺

那场滂沱的雨，下自南宋
王三相公施法的灵验
让佳山坞黎民合一地跪拜
成为祈雨寺悠远的香火

没有水影，没有飞鸟
土地张开烘热的唇
望穿秋水
虔求雨的童话用柳编织

感化的甘霖终蓄成水塘
鱼儿吐着串串思想
将雨神轿杠三折的典故
译成祈雨寺的碑文

点上一支清香，有种景仰
高过风火山墙
仿佛倒回所有恩泽的时光
一路上善若水

我们等你很"酒"了

一个酒字，从墙壁酒诗中流下
注满酒坛，用红布包住
呈 T 字形陈放
气势，像《红高粱》里的酒坊

汲天地之精华，五谷之灵气
秘制的醅曲像魔方
蒸馏出的酒，清清冽冽
可以映见纷繁世事的影子

让男人醉女人迷的酒，窖藏
像珍藏的诗句充满醇香
伊家店已不姓伊
但酒已沉淀成源远的文化

陈家土烧，以诗会友的酒
我们等你很"酒"了
今晚，我会睡在自己酒气里
也会醉在诗行里

这是一种姿态

突出的腰椎盘，有弧度

用两根拐杖支起

一双坚毅的眼

钟情楼塔的山水和文化

隐隐的痛，袭上额头

拐杖的节奏和信念同步

正如你写的诗

能读出正骨的呼唤

小波，沿着楼塔的文脉

诗行飘出雄健之气

拐杖行走在队伍中

就成了诗眼

这是一种姿态，支撑着

那种从容笃行的精神

每一步，都是诗

每一段，都是歌

这里，变成了野孩子

秋天的田野，留有春天的足音

一群怀着诗心的老顽童

寻找风筝、秋千、水车

童心一半在奔跑，一半在放飞

野孩子淘气得像朵朵蒲公英
精灵般轻盈、柔白
又像清风，轻吻绚丽的格桑花
在花海中变成了蝴蝶

青菜、秋葵、玉米
一溜溜农事在乡愁里成熟
金黄的稻穗似在召唤
开镰的姿势，将记忆收割

这里，变成了野孩子的部落
我的内心却在刷新
如何学犁，犁开板结的思想
如何学锄，锄得清白的人字

佳山纸坊

古村的理念，从造纸作坊
开始裂变，嫩竹的翠绿
加工成纸张的瀑布
出运萧富古道

竹子的劈开，似撕碎的鸟鸣
经煮、浸、捣、烘
涅槃重生，终以土纸的形式

承载人类的文明

南宋的盛誉、明朝的贡品
还有老字号"荣尧"
都是时代的印记。土纸
与佳山的竹子，筋脉相连

如今，历史的遗址长满野草
但覆盖不了最温暖的部分
因为，一张土纸
留有我童年最生动的书写

楼塔记三首

知　秋

夜宿斜爿坞村

——兼致弼文兄

斜爿坞村，俞氏宗祠坐着的人
用番薯烧酒
我对身处陌生一直存在着仰望和敬畏

翻越大黄岭古道，注视着山冈
从体内脱身恐怕是世间最好的默契

懂得山峦裹紧的善念
而不是任意让人懂你说不出的事

大樟树下，听有人喊出你的乳名
落在炊烟的乡音里
我们一起唤回散去的人群如何

今晚起，追寻落叶缺少的部分
要回你在斜爿坞村
熟知的一切存在的生息和滋养如何

唯有在这里，抵制暮色猝不及防的凌乱
煮一壶酒香，不记灯火如豆
让我们懂得退避三舍，举杯的一招一式
与你相处，长夜不再有狂风

在楼塔，十里溪风

夹道欢迎的不一定就是千军万马
也可以是曲径坚守的生息

溪水的清澈、汇聚
百年朴树的笃定，来源于群山的庇护

山货被晾晒得坦然，面对着曲折的古道
或许是最谙熟村落与村落的盛衰

一座塔楼与廊桥的跨越
正确无误丈量出每一块基石的光泽、坚硬

风一吹，奔走的几条山道，不求再远些
坚守住逐渐走失的村庄

那最质朴的生息，毫不妥协地选择归隐山野
在虚幻与真实之间剖析着淳朴的属性

在大同二村饮酒

搬运一坛陈氏土烧，在大同二村
兄弟，我们就围坐在樟树下
望群山，稻谷飘香

兄弟，请饮下手中这杯酒
饮罢，将酒杯搁置在田埂上
从叶尖到根部都铺满阳光

兄弟，我们继续喝酒
临近黄昏
挂上几盏灯，越高越好
让农作物丈量着广袤的土地
就像风一样一寸一寸染了黄

大同二村的酒，抛不下驰骋的历程
也抛不下共同富裕
更抛不下埋在地里的乡愁

兄弟，这是秋实刚离开泥土的季节
结伴相见中年，聊着过往
让我们找到故乡在异乡的一次行旅

楼塔三题

吴警兵

在"野孩子"

田野里，庄稼欣欣向荣

玉米和稻谷比邻而居

鸡鸭鹅和睦相处

我们有说有笑，鱼贯而行

有些事，已然鸠占鹊巢

却不轻易怪罪自己

比如，佯装乡客

少小离家一回

大同二村

形迹可疑者，止于大同二村

优势总被时间所占有

村口的古樟，各有来头
誓言变得可有可无

古代的遗迹分散于各处
都在靠传说活着

酒香是最真实的历史
所等之人前赴后继

天下的事莫过于此
我们都生活在自己的小异里

夜宿黄岭

夜色从不当众示人
而黄岭，却有自己的选择

十里溪风欲洗刷的
均不在场

所谓机缘，并非巧合
就算你再回首

也无所适从。睡梦
总有其动人之处

一个小小的山坳
自称为斜爿坞

而我，至今对其
不明就里

楼塔古镇（外二首）

胡加平

比如在这个秋天，沿河的那些灯

以及灰白的墙面

你的影子悄悄靠近

如一个隐秘的夜晚在移动

被拂晓笼罩的那条河流

拐个弯流向东海

尽管事出有因

但你不明白，巡夜的保安打着手电

满脸警惕地与你擦肩而过

你以为，时间就这样被一盏灯带走了

而屋檐下的红灯笼

被夜色缝织成一排红色纽扣

让黑暗藏在黑暗里

不远处的仙岩

它只倾听月亮的寂静

以及，黑暗中流星闪过

那些细十番演奏出古老的乐曲
把你的睡眠变得更深，更稠
像雨后的河流，轻盈，流畅
也许从那儿你想起了什么
而风中飘过的百花香味
穿过整个楼塔古镇
让人流连忘返

野孩子农场

也许太阳在稻穗上晒出金黄的故事
旁边的秋英则心事重重
孩子们欢笑着、追逐着，像一群蝴蝶

风中的蒲公英，等来一群
旅途中晕了车的诗人
与孩子们一起收割庄稼和童话

这或许是一场风车的战争
把泥巴和纯真涂满天空
涂满野人谷的石头和打稻桶

佳山古道

当然，秋天的天空是空旷的

但还是让我们出了一身汗
那是一次寻找前人的历程
脚下的泥土和枯叶，似乎是记忆的罗盘
指引我们前行，又将我们带入陌生的境地
一切都可以成为我们的乡愁
简易洗衣坊，纸坊旧址和山道旁的凉棚
还有那些紫苏、秋英和长春花
以及一些不知名的小花
它们，没有回避一场生命的灿烂
完美开放并凋谢
其实在我们行走之初
已经成为这条道路的继任者
那么，意味着我们也将是
这段时辰飘浮的影像
历史的车轮，这时刻准备飞扬的尘土
终会将我们吹散或掩埋

细十番（外二首）

周小波

刚知道，细十番是一种乐曲
刚知道，细十番是明朝跌落民间的壳
打听到了它起伏的身世
十足的官腔，被几位花甲老人架了起来
银发在灯光下飞扬
传承不能打瞌睡，我在担心它的传承
你信也好，不信也罢
那乐曲踩在青蘋之上，莲花之尖
细听风云，越过蹉跎赶来
耳朵离开城市远一点，心情就会宽松一码
逻辑性太强的高楼过于锋利
切割着周而复始的生活
逃离汽车单调的回音壁，寻找柔软
细十番拨弄着旧日子
像是打开了窖藏的酒，把醇香勾引出来
祖宗们在时空的帷后听戏

灵魂的灰尘站在不胜寒的高处
那是北斗擦得最亮的时候
听到漂泊的鼓声和骨头的撞击
在宇宙锈蚀的琴弦上发出了悦耳的共振

半年节

把日子拉长，并把一年截成两个身段
佳山坞的人会过日子
非要把一年活成两年的样子
从浩瀚的时间里
捞回成本，连本带利

细节才是重点
黄秘说，那也是个求雨节
到了那天一定会
下一场大雨。不管是不是迷信
龙王受贿了，信则有
敬上一杯酒，云在风上起舞
村民饕餮，龙王受累
站在云顶上的老龙王不会计较这些

骑在了下半年的脊背上，凉意袭来
秋天的感恩写在笑脸上
落叶是转世的飞蛾

藏在黄叶后的虫籽像行李，一起埋葬
旧习俗都包藏着一颗生动的馅

萧富古道

一条路走进了国画的意境
画风汹涌着旧的风光
千年古道打磨出了圆滑的孤独
目光像鞋底，拍在地面
蚂蚁在脚印里围城，回顾时沧桑已过鬓角
时间是一块最好的磨刀石
把日子磨亮，亮得像杀猪刀

阳光的金鳞落下
迷惑在鸟声的酒窝里
老人的面容慈祥，聊着有营养的天
不论神仙还是凡俗
快乐是一样的
山下的高速公路和古道，都是路
速度是不一样的

舔一下风的味道
风就掉下来了，抱紧了佳山坞
踩踏已不是赶脚
空旷地有旧布鞋的回声

追上前面长衫的书生，拍了拍他的肩
他眼里的不解来自另一个世界
又瞬间消失在这古道隐姓埋名的红尘中

楼塔，请以诗歌紧紧搂抱她（组诗）

倪平方

东有祠堂西有寺，清风岩下百花香。

——唐·王勃

洲口桥

萧然已然坠入深秋
金黄便如同流言蜚语到处流淌
轻易地就泄露了
破译深刻解读江南的密码

刚要抵达目的地
却是一座极少看到过的石桥
四墩五孔，五边形桥孔
托举着厚实耿直的武康石
或横或竖简单组合平砌
便说合了溪流夹岸的隔阂

延续了古镇街衔巷连的空前繁华

鹭鸟往来车水马龙
因为一个吴越古国缔造者的故事
洲口便开始声名远播
不断纵深走向深邃难以忘却
在历经数百年风雨剥蚀后
当地士绅捐款筹资全力建造
并以洲口命名
如今桥额依然凸现分明
当年验证石基而留下的十八斧痕
早已遗失在了历史的褶皱里
无法触及却深入人心

楼塔溪

陶瓷质的眼睛。在晋代的天空下
在凝实的南方厚土上。扑闪在仙岩山前
看着我在千年之后。舞蹈
连同斜阳。连同我古老的心情
复苏在楼塔溪，最初的情怀
慢慢舒展。慢慢生动着
江南水乡此后波光粼粼的日子

那些祠堂。那些寺庙

那灵之溪水

这些生命里注定的烟波浩渺

因为归隐乡野的许询。都汇聚在了一起

化为史册里久久缠绕的记忆

源于仙岩山下的这条山野之溪

穿过山岭田野。时光岁月

在生活之上。思绪以外

飘飘荡荡。汇入浦阳江

连同先辈的入骨风流

小心翼翼镀烙着不老的思想

潺潺流进钱塘江

透过指缝我分明可以看到每一朵浪花

纵情高歌。向阳舞蹈

幸福的笑容普照楼塔溪的每一处

充盈着迎风的日子

千年之后。当我

因为诗歌走进这片地方

是否，唯有阳光

还记取着这在水一隅

萧富古道

孤鸿悲鸣。正一寸一寸点染乡愁

萧富古道似乎成为
所有通向抵达自己家园的方向

在这秋色沁心的一刻
风碎裂了比流逝更慢的回声
把泛起的期待
都化成佳山纸坊里劳作的声音
古老而单调
覆盖了浙东唐诗之行最初的抱憾

于是，沿着这条蜿蜒起伏的古道
机械重复 0 和 1 的脚步输送
试图去精确丈量每一个前进的步伐
砍竹，酿酒与赏景吟诗
区别到底在哪里

时光在辨别中悄悄退后
渐渐远离诗歌的字里行间
可我又清晰地聆听到了
古人的吟哦与叹息
不远又不近
若即若离
满足着平安归去的路途

在楼塔（外二首）

黄荆子

循着商业街步行。我瞄向
糕点铺、水果店，路边摘菜的妇人
炒干果的师傅，甚至夹路的牛筋草
——在皮毛的一幕里
我眷恋屋宇晴朗，慢慢地
理解这儿的烟火岁月。这些年
我越来越喜欢相似的东西
每到陌生的环境，我便把自己原乡化
现在，我俨然是这条街的乡亲啦

求同存异

萧富古道像大同一村的礼物被铭刻
往日的秋风重叠着青石
碰过山货的蝴蝶依然识路
还有很多的高粱泡和山紫菀

令人俯仰不尽，壕沟边的薰衣草
排练村民的偏爱，桂香执拗地
浓郁。人们心里的涟漪
被养在村口的池塘中。此刻
我感到呼吸困难
因为我要克服这些新鲜的事物
鱼贯而入啊

野孩子部落随感

云朵拢高自由，太阳忽儿上树
像槲寄生。我难以控制本分
不再羞于表达。我任目光挑起
波斯菊，双脚铆进田塍
就是黄秋葵的样子

这里的领空仿佛为风筝定制
翅膀吻合我的表情
田野足可以让一只鹿舒筋活血
驯兽师也觉得应该懒洋洋
而我最想成为田间蛙，故意露些
破绽，让毛孩子发现
并惊喜地尖叫

楼塔四章

徐卫华

楼与塔的关系

我很好奇，也有很多猜想
第一次来到这里
楼不是楼，塔没有塔
但是，又不容置疑
几千年的变化老少无欺
在西湖边，在杭州市区
在熟悉岳飞的墓地
寻找真爱的大隐之地
竟然对楼塔很陌生
陌生得没有一点儿关系
不过，又有非常的诗意
是因为第三届浙江诗歌节
就这样被很多知名的
或者不知名的诗人

相携着写进了诗句

蒙昧着下榻杭州仙岩

有点跃跃欲仙欲梦去寻觅

轻唤东晋名士许询不要再隐居

茂林修竹，山涧幽碧

风光旖旎，四季飘仙气

西湖鹊起白苏筑堤也太迟

林逋那边绝唱更没有这福气

结庐孤山苦守梅妻鹤子

君不见唐代王勃早题诗

有隐有祠有寺清风岩下百花异

钱镠坐三镇，山岗上建旗祝捷

楼晋守黄岭，溪南沙丘成了桃花源

这村落，这镇集，这名声来历

我才恍然大悟，楼家塔悠久自在

与人与景与史都不能分离

塔就是楼，楼亦为塔

楼在何处，塔在那儿

如影随形，似曾相识

踏破铁鞋，就在绿水青山美好怀抱中

朝思夕慕，就在千家万户幸福生活里

山以为楼，丘多为塔

山丘之王，楼塔之神

楼耸似山，塔高如云

顶天立地，俯仰之间苍穹未央河山绣锦

可耕可樵，宠辱皆忘广厦万间安得欢喜

历经一千多年的楼楼塔塔

于无形处显精神

于无声处展美名

本当楼是楼、塔是塔

但就是不见有形只影

更不见古道边楼台亭阁兀立生孤芳

西湖龙井醋鱼腥草州府稿本

钱塘文人运河栈客灯红酒绿古都城

你早就在那里，伊甸美地要冲三市

你是西湖的楼外楼

你是六和的隐形塔

楼依着塔，塔靠着楼

塔是利剑英雄可斩魔

楼是硬弓群英可射雕

长亭内外，古道悠悠

诗画楼塔佳话满山麓

大同世界山花遍坡岭

细十番演就了数千年

天地就是她的大舞台

一个楼英竟让李时珍不能称第一

一代名将楼殿英马关抗日台湾称英雄

楼曼文是中国妇女运动的先驱

农民楼维青不为日寇挑夫成仁取义

这楼楼楼高过中国的所有古楼

可住百姓神州侠侣

这塔塔塔超出天下的所有土丘

可埋英烈天下扬名

所以，楼塔佳山坞有独特的半年节

杀猪宰鸡鸭裹粽子放鞭炮大宴宾朋

什么样的理由，什么样的传说都有

只要可以猜度可以推测可以比较

在这诗的高地上，楼塔永远如意神圣快乐

红红火火红半年，西湖也没有如此火红过

杭州也从来不这样热烈地祈福

人类命运共同体早就潜意识筑梦

生态经济重镇不是乱吹气球

浙江文化大镇不是虚名徒有

钱塘人居名镇见证楼塔可圈可点

或许，浙江诗歌节才落户这里

让初唐诗人不再说后无来者

令南宋林升一定会改写诗句

早知底蕴，这和谐天下自然楼塔

吴越王就不会迷信延赞的建议

如今已进入智能化的社会关系

人类的初始理想与结好果子

充满了离不开的各种各样关系

这楼与塔的关系说不完道不清

不过，不用苦思冥想绞尽脑汁

楼与塔到底是什么关系

太复杂了就没有了关系

简单点吧，用诗人的眼光审视

就是诗与歌同心永结的关系

就是西湖与杭州相融的关系

就是钱江与运河纽带的关系

就是长江与黄河一致入海的关系

就是昆仑与喜马拉雅山相向高耸的关系

就是三山五岳永不动摇的关系

就是萧山与众山环峙拱卫的关系

就是世代生养万民兴旺发达的关系

萧富古道

《载敬堂集》："古道者，古来人世跨空移时、运往行来之途，贯朝穿代、纫忧缀乐之线。"

——题记

薜苔翠草从石缝中生出古朴

沿着山势编织成一条古道

越往大山里走越古稀细腻

远远看去，就如一条花色围巾

系在云绕雾缠的大黄岭

围住浙东与浙西的脖颈
知冷知暖的山麓啊
从此，萧山与富阳就有了一道界岭
阳光下，锦带飘渺遐想无垠

风，四季轮回着吹过
仙岩虎踞州口溪上三镇雄
劈向石壁十八斧
岩坞口山冈报捷旌旗猎猎舞
百草生机山野气息依然扑鼻浓
修竹林立不减当年魏晋之风度

来来往往霜雪晴雨风风火火
鹅卵石砌的溪岸流水不腐
山水打造的基因赛过河洛图
青石条板铺的石级印痕诗韵
在肩挑背扛自信的脚夫脸上滴落
挑着诸富，越过楼塔，穿过时空
古道如萧山肩上的扁担
一头系着皋屯，一头缠着楼塔
在黄岭歇息，问许询还可隐何处
在岩下凝视，贞女无恙千年载歌舞

行走在古道，已无西风瘦马
左看青溪，右观大山

大同求异，笔架万年基

船山无坞佳山独运村坞多

大千世界长山颂大禹

古道成仁天道取义

山上举纲目，溪滨生本草

风调雨顺贯朝穿代

往来客旅商贾士绅

民风民俗草木星辰不作古

所有的繁华落尽都要归根

所有的风流倜傥都会落幕

唯独勤劳和智慧才能永恒

挑出一条萧富古道楼塔清风

走出一条大路千家万户小康奔

古道多情，风物长宜总是春

可细数十番，望庄田八畈

一条溪如琴弦弹人间仙境之曲

一条路跳荡着唐代歌舞刻着宋代词牌

楼塔千年，古韵仙气飘新乐

早就换了人间改了曲牌

只留古道往返脚印深深浅浅在诉说

抑或是先人凹陷的双目

专注成山间的星星点灯

也盛满过旷世的雨水汗水和泪水

在那里独自闪闪发光永不干涸

当然，也汇成眼前这条小溪
向着江河执着地绕着楼塔飞渡
只有群山环峙把财富留住
河上繁华似锦，美不胜收
古道者，先行者，引领者，奋进者，跨世代者

古贞女亭

是孟姜女哭长城吗
这样的传说很神奇
怎会在楼塔古镇落地
这里不是乍浦故里
亭内也没有塑像可敬
她却入《资治通鉴》留名

噢噢，是这个镇名叫贞女
或许，是一个集镇之女
都如此清纯唯美
贞烈无惧神圣无比
而孟氏捣石处
建了贞女亭
那里只有一个贞女
怎比这一镇之美名
载入史册起于《新唐书》

不一样哦不一样

从长山坞至毋岭

山叫佳山如仙女

岭为毋岭生生不息似溪水

照出古亭贞女

古有一镇众贞女

今有英烈楼曼文

古亭大同又大不同

山间古道有胜景

古亭不塑贞女神

唯美独尊女性之群体

佳山纸坊旧址

萧山土纸，民赖以饶

享誉南宋，洪武初贡朝

昔日槽户久负盛名老字号

何谓纸土谁人如此低调

泾县宣纸相信亦要跳槽

历史的印记基因"荣尧"

纸坊旧址佳山制造

竹子的光荣与梦想总比山高

繁荣了楼塔，先富了古道

万事都会逐渐地远去

人有代际今现高标

旧的不去新的不到

一口塘滩修为不了

漂去石灰水浸泡

这山竹出落无私献材料

落塘贮存于行来之道

知京放，入元书，可连史

昌山笑，段方跳，黄元宝

白笺黄笺圣旨笺

鹿鸣山林唤起湖鹤昂

煮镬、槽桶、焐弄今何在

塘滩、浆塘、作坊旧址在

纤手入槽，竹帘撩起

焙笼侍候，烘干人间的湿气水分

我似乎又闻到了柴火之烟味

青山的淡定，野坡的任性

卤生石灰，烧煮成思无邪书写之纸

佳山纸坊烟熏陈迹淡淡袅袅

仿佛纸香袭来不怕古道曲远

人来人往络绎不断年华不虚表

觅史就须刻意追求用心领会丈量有道

与萧富古道结缘（外二首）

张瑛薇

第一次走过这里
只因浙江第三届诗歌节
从此，我与一条
从萧山到富阳的古道结缘

宛如一条巨蟒
盘踞在崇山峻岭之间
虽是古道
也有许多今人探访
他们抛下奔驰、宝马、兰博基尼
只为一睹她的芳泽

走在陡峭的石阶上
一阵清风从竹林吹来
是来自唐代的风吧
从繁华洛阳

越过钱塘江的澎湃波涛

一路追随着贺知章

扬起他的千丈白发

吟诵着"笑问客从何处来"的诗句

风理解大诗人辞职修道的心意

历经八十六年沧桑

几十年漂泊京城的心

终于在故乡船坞山下安放

风从唐代吹来

吹过蜿蜒曲折的溪涧

和野花编织的山麓

在响天岭人工水库上停留

这里鱼肥水绿

他们中的一部分留了下来

坐在岸上钓鱼

到野孩子自然部落玩耍

如果有时空隧道

我想穿越到童年时光

牵着外婆的手

到野孩子自然部落玩耍

我想卸下心上的盔甲
和金色稻穗站在一起
接受白云的检阅
把星星搂进怀里

我还想变成一只七彩蝴蝶
翩动翅膀恣意飞舞
在最美的紫色波斯菊上守候
把最甜的蜜汁取走

或者将我变成一粒
悬浮在阳光下的种子
从鸟鸣声中落地
在初冬时节萌芽

古樟树

是哪位前辈
埋下一粒种子
从此
你便在大同二村生根

虽然是常见乔木
但你与众不同
五位诗友手拉着手

合抱不住你粗壮的树身

一代又一代耄耋老人
学着父辈的样子
倚在你怀里
晒着太阳
你的脚下
埋着他们掉下的老牙

三百年跌宕岁月
你经常与恶劣天气搏杀
闪电持一把长剑
砍下许多枝条
狂风是一匹野狼
在你身上撕开一道道裂口

你藏起所有的伤痛
屹立在天地之间

楼塔停了下来（外二首）

许春波

斜坡缓，看不清楚终处
急躁的年轮，亦是越转越快

凝固在一点，或者一个时段
这样可以更好地判断方向，停下来

轨迹牵着状态，如之前的雨
断断续续

褶皱拉平，山色路途平滑
闭上眼，所有的过去打了个盘旋

一睁眼，拟人化的秋意扑面而来
天亮了之后，楼塔也凉了

测量一下，长时间叠放的时日

高度与厚度永远背离，无法装订

余下的秋无从说起，特定的场景
准确地消失，一点没有痕迹

往来穿梭的河流，忙忙碌碌
好像只有塔，还停在原地

九曲之溪

溪水九曲，可用秋风烘干
月一样古拙
架上的楼塔开始拨动时节
推开旧的倒影，临摹细十番的侧影

山塘由来已久，峦如帐篷
延续千年的固定仪式，精细准确
逆着时针，透视短暂
看得多，仿佛什么也没看见

场景有限，黎明掺杂着历史
铺满江山河流，一声雁鸣
在林道微闭的心跳边缘，融化
被我们同时听到，神聚形散

沿着，低矮的溪水旋转
从远处，走过一道光
背靠着昨天的月色
掉进一场巨大的境遇中，手足无措

古老的时间，从桥西返回
忽略慢下来的月色
听见脱笼之鹄，一阵短的鸣叫
淹没失明的风起

中祠弄

越过地平线一点，隔绝的远方
某一刻，和明朝的雕墙
相互辨认，回想最初的寒暄

所有的火光灯光，都可以握手言和
闪过的瞬间，开启验证程序
然后被修正，唤醒

摘下中祠弄的露水，浇花酿酒
蓝天下，光线由浅变深
微黄的叶子，计划着再一次遮蔽

酒气浓郁，你洗好茶

還是背着象形文字，抖落歧义
成为纯粹的图案，走在秋天

于是，中祠弄的屋檐渐暗
阴的天无法再汇聚出一场雨
这个判断源于经验，说不出理由

在楼塔，虚拟一场涅槃（组诗）

乔国永

出岙内

岙内，青居舍悄悄等在那里
门前山丘上的毛竹遮掩着裸露的落日
阴影漫过路面，向窗口挤压而来
视觉所触的事物似乎都在向内卷曲、收缩
这是我，一个颓唐而敏感的居客，所钟爱的氛围

次日酒醒之后，空乏如期而至——
身体里的精髓和毒素都倾泻给了狂欢
此时，囊中空无一物，最适合割舍
停滞的血脉总是在危难时开始涌动
它的拯救方式是裹挟着欲望的基因和泥沙
撞开即将锈死的闸门，奔赴山谷
这是我，一个靠虚像滋养的书生，难以启齿的隐疾

还是得一个人离开

我从口袋的底部一步步走出来

像蹲下来的硝烟缓缓抬起衣衫褴褛的勇士

出岙内，不过是跨过一道山门

我却能把它演绎成涅槃

这是我，一个卑劣的虚构者，最后一颗还魂丹

隔世的对白

一滴红色的琥珀

为一对母子的隔世倾谈而融化

英雄的母亲芳华依旧，儿子已鬓发苍白

信仰打开时间的后门

被拘禁的肌肤回到了骨骼上

但无论儿子怎样呼唤，母亲都不能回头

慈悲的血腥没有人能承受两次

爱仍有意义。为她而生的仇恨得不到点化

才是人间最深的悲痛

让虚拟的双手握在一起吧

让苍老的婴儿回到分娩的时刻

太平盛世，他们该做一次旁观者

从掌声中醒来，母亲的青冢回到山坡上

儿子去幕后，帮母亲卸下戎装

下一幕开始了，红色的琥珀
放走了一只受过洗礼的昆虫

细十番

楼老先生端坐中央，如祥云之上的佛祖
看穿凡尘的污浊却雪藏法力，淡笑不语
他想说的都托付给了一把二胡
负载重托的还有笙箫笛月琴三弦琵琶古板……

民间的圣音不逊于大禹手中的耒耜
雅俗之间的壁垒不必摧毁，只需留下一个豁口
宫廷里的丝竹妥协过吗？谁敢肯定
低眉顺目的乐人
没在五音之中藏过匕首

一曲接一曲，天籁之网
终究没罩住几条呆头呆脑的小鱼
真该把龙门之后干涸的裂缝
呈上供桌。乡土乐师们收场了
他们的手掌撤回乡野
余音绕开喧腾的人群，追随他们而去

有人捧起遗忘在墙角的二胡，悄然腾空
只有他沾上了一滴助飞的雨露

楼塔古镇

古老的时间仍留守古镇

它们放不下那些碑文

门楣、砖雕、石基

暗合平顺的机理和运道

熏风撩起窗帘，收纳血管里的碰撞声

三十条里弄，百处老宅

就算它们折合成一小片桑叶

也够最贪婪的蚕咀嚼一个冬天

周围的水一直在时间里流淌

我们在时间之外寻找水源

愚钝的骨骸随处可见

让光把我们镶嵌在墙壁上吧

理想多么需要多一点喘息的时间

蓬勃的乐手在古谱里埋下慧根

我们苍老的脚踝已积满腥液

退出古镇

时间的重闸在身后轰然坠落

楼塔三首

小　书

秋光浮动使我们丰满

阳光，麦田，草地
鸭，鹅，帐篷
以及你们脸上表情的
波纹。目光所及的一切都是
浅金色的

一个辽阔的秋天
正从星际的空隙里泄漏下来
像雨占据了雨天
我们被秋天的阳光
淋透了

不需要建筑
秋光浮动使我们

丰满。像在自然里自由生长那样
自然力使我们
逐渐成熟

又像预演了
被神的一次凝视
只是我们并不知晓
我们踏入的是
他目光的碎浪

村庄美学

小村的宁静发出幸福的
通告。千年香樟用它的自身
祈福。它日夜不停地唱诵着它的
祷词。祷词使它
枝繁叶茂

秋天的草垛在时间深处
回归。闪耀着节日般的
丰盛。退场是从时间之幕中
隐蔽。出场是自若地
走回幕前

村庄完成的就是顺应时间的

美学

我们偶尔远离自己的生活

去观赏一扇扇陌生的

门。但并不需要去叩开他们的

门扉

一个真实的生活

存在于

我们偶尔抬头的

一瞥。而后迅疾地

折返自己

楼塔夜行
——兼致崔岩、飞白、半文

小镇是事物以某种方式结合在一起的幻觉。

——安妮·卡尔森

离开喧闹的夜酒席

我们在深夜并肩前行返回酒店

小镇之夜向我们显像

桂花的香气在我们周身起伏

散发着神秘的熨帖

像在赞赏我们

纯粹地做了一回诗人

今天，我们返回了自己
消失于原本的生活
或者完成了生活和诗人的瞬移
我们交换了彼此的感受和隐忧
有时候我们想恣意宣泄
有时候我们担心自己做不好一个诗人
写不好一首诗

雨欲来又止
像不忍说出我们的
蒙昧，在夜的低处
新的赋格曲尚未显露痕迹
但楼塔之夜为我们的并行
又宽阔了一些

大同村之夜（外二首）

天 界

伟大而古老的代名词

另一种存在方式？还是延续甚至守旧

桂花充斥整个夜晚

那么多人聚集

那么多陌生和熟悉的声音

如果这是一场诸子论战

应当恢复秦装，摆上欹案、蝶几

几觚水酒。我们怀旧

并携带某种理想。老聃以及仲尼的大同

都已成为历史。在楼塔

俞梁波是有故事的人。他的老家

今晚楼台高搭，星光满天

秋风拨动夜色

散落山水间的皇子

各自回到宫殿，接受诗唱的贺礼

路灯连接大同二村每一个角落

夜晚是美好的。犹如飘香的桂花
对命运衍生出新鲜诠释
而人心，总那么善于变化
这落日隐去，月光是否准确接替
从来都是谜题。至于深夜不归
也许就是一种好事

夜宿大黄岭村

斜爿坞的落日比城市更圆更通红一点
流过黄岭青社里的山溪
是超现实主义摄影大师

一块牌坊像是古代的都察院左督御史
上面写着：内坞

秋风和古树，盘踞在村口
这闲散并幽静的小山村
鸟鸣暴露竹林深处的古道和秘密

夜色替它恢复旧时光
谁能听懂溪水的声音

夜色中，只有一个人时
才充满巨大想象。而这一晚正好"露水凝结成霜"

我们始终端着酒杯，犹如等待
另一个远去的自己归来

野孩子的故事

阳光、麦穗、水车以及童年的纽扣
炊烟、稻田、蓖麻籽——
越来越陌生的农具
早就被孩子遗弃。秋天的田野是用来调查——

一个人可以听自己安静下来
听溪水流过夜色
我们都愿意安慰自己

那种强大的力量
从时间消逝中获得辩论
并孤独审判——

是古罗马的经典
希腊神话和裸体雕像的美学
也是一个人不分曲线
假装深沉，而最终又原谅了自己的悲伤

楼塔纪事（组诗）

钱益飞

朴素之美

这是秋天

阳光放牧着大片格桑花

我们走在石阶上

望着田里的稻草人

它们心怀诡异的表情，一定疯长着我们

共同的秘密

绕过鸟雀喜欢过的瘰谷

几个没有靠山柴火灶，为乡音

发出炊烟的乐器

仿佛一件被忘却已久的事物

忽然被拉回来温存一番

这短暂的朴素之美

正是我一寸又一寸被收拾的光阴

祈雨寺

寺门关闭着
碑记立在西侧，雨神王三相公
住在里面
村民们敬重的神
已经和时间道别
和寺院上空的云朵结交盟友
变幻着各种身份

或以鸟鸣传递古老的教育
或以一粒雨滴喂养草木和干瘪的嘴唇
抑或以诵经人的信仰
点石为金
在每年六月十四
这种信仰的力量更加深沉
以至每一个赶赴半年节的人
都烙上了
难以修复的印迹

旧风车

几块木头
给予了风车足够的信任和支持

而风车却对自己没有
多大的把握
被贴上"丰"或者"收"
或书写了"五谷丰登"
正慢慢剥蚀
从旧时光中，重现历史被打磨的方式

显然，它已不属于任何姓氏
终其一生，风车陪伴着众多同样被遗弃
又反复被想起的
耙、斗笠、蓑衣和木制单轮车
思过往，念未来
终于一无所得。而它自身
任行云穿过，接受来来往往的注目礼
在巨大的宁静中被空无收留

在楼塔，我们还有那么多事可做

莫 莫

一

于晨起裹挟百药山的仙雾回来
做一个关心楼塔菜价的人

年过半百也不会纠结归隐选择
有依伴的人、有大部分许询的性格

十步以外，邻居宅所的炊烟被生活具象化
暗示我们在楼塔还有那么多事可做

不要放过山中任何一块野生的石头
砌一堵墙以防被山风偷听

二

我有如风往事，如今结于壳中

可由一柄纤瘦的锤子
轻松推敲出因果

就算时日无趣，也只干手拈枯叶、
嗅腐败气息的蠢事

不去阻止
云层和山峰往上、雨雪和流水下行的
趋势

也不去阻止
纠缠在人世中间层、脱不了壳的一块又一块
软肉和硬石

三

有时它显示一切
有时它属于空白的那部分

以至于下雨时，天空仍旧看不见划痕
河水也没有雨融入的印迹

有时它确实令时光荒芜成镜面
令悲伤显得可说可不说

大黄岭镜像（组诗）

蒋兴刚

黄　昏

终于找到了入住的民宿
大黄岭把最细长的水
流给了我们
我们脱掉旅行鞋
等待着暮色中的自己

背后，落日一点一点爬着
从集镇爬过岩山村
再爬过里庄隧道，终于
爬到了我们面前

终于，屋舍、鸡笼、菜畦
炊烟、土渣渣……

囫囵地吞进了黄昏
吞进了沉入海底的
宁静

大黄岭下

我们到大黄岭下走走
来自岭上的风
像惊慌地审视素不相识的人
突然安静下来

而我们身后的村舍俨然
炊烟像坐在台阶上
慢慢升腾

对闯入者毫无顾忌

我们走到一棵红豆杉面前
这棵红豆杉有几百年了吧
像古村交响曲的音符

在大黄岭下
我们总能接到音符的激荡
与刺激

青社里民宿

老板娘很仙
端来的水果像只为一个人定制的

谁在喊我？回到被我想起的童年
浮云藏起往来的云豹

哦！暮色中我看到了自己
跟随一阵岭上入窗的风
飞了起来

像拾起旧语，拾起散失在村庄的
明镜

大黄岭镜像

山是温柔的，一条翻越大黄岭的公路
总是扭着水蛇腰

水是温柔的，从大黄岭顺势而为的
山溪，每一道湾
都是天空的明镜

而这个岭下的山村——大黄岭村
是温柔的
炊烟，如旧时小说朴素、绵长，无须虚构

哦，在大黄岭的镜像里它们一整天
都在埋葬自己

楼塔寻仙

钱金利

一、仙 岩

在仙岩的夜里，黑色是幕布
投射至幕布上的星光，和别处
大同小异。丝弦，或大鼓
没有一种声音，可以归纳
一个时代的回音。多少年过去
我们仍排排坐在，关于一首诗的
回响里，一起缅怀，那些恒久的
忧伤和喜悦。没有理由。高高
举起的尘埃，在尖锐的灯光下
每一粒，都是星辰

二、夜 酒

喝酒，或不喝酒

在矛盾中纠结，升华
没有人可以在酒中找到自己
就像没有人，可以在酒中遇见仙人
今夜，一万粒同山红高粱酿成
的美酒，把人类，拉回大同
一个人，挨着另一个人
一个人，敬着另一个人
关于一个人对另一个人的思恋
关于一个生命对另一个生命的佑护
此生，我们未曾明了。有些事
须动用余生。余生，我想要
在酒中，与你相逢，像遇见一个
无法复制的盛世

三、寄 梦

多少年，没有梦的日子，我自己为自己
复制一个关于你的梦。江南的
雨，落在此处，也落在别处
草舍的檐头，没有瓦当的陈年理想
路人的目光，从来不曾为一滴雨停留
我坐在天与地的中间，像坐在
一椽矮檐之下。天有多高
地有多远？我是一只在水面上
疾速滑翔的蜉蝣，突然发现

天堂与人间，仅一束光的距离

四、诉 说

事实，楼塔的每一只雄鸡每一
声鸟啼每一缕清风每一声歌唱都
在诉说一种相思。思念曾经的你
思念流浪的风，思念挂在风上的
铃铛，和突然响起的离歌
没有一个人，可以坚定地否定自己
我一遍一遍地转动自己，为你升起
来世的祈福。无法诉说
挂在经幡上的风，说出的话语
比别处更加庄严。我禅坐在
白塔之下，想起我的前世
说一句：苦乐随你

五、聊 天

人们坐在老樟树下聊天
聊一粒米的源头
聊一株麦子的一生
聊一荚花生，聊一颗无花果
聊风，聊雨，聊一缕阳光
聊月光，或者星辰

劳作过后，聊天是很好的
娱乐。人们聊的天，是沿着一棵老樟树的
枝脉，从大地，一点一点聊到天上去的
在人们的双唇之间，那些
日出而作日落而息的日子，被轻轻
吐出，简单而芬芳，仿佛老樟树枝头
开出的花朵

在楼塔，读空山，读清秋（组诗）

陈于晓

山居大黄岭

不开门时，山潜伏在我的梦里
有时柔软，像流水演奏的曲子
除了时间，青翠也是一种滴答

待晨曦叩窗，开门见山
鸟鸣，便引我入了十里溪风
流水潺潺，水中游鱼
时不时地，化作阵阵涟漪
一棵古树，在森森的林子中
因为它的苍老，活成一种孤独
夹道翠竹，喧闹着
这些清秀的村姑，在晨风中舞

也许只有曲径，才可以通往幽处

幽处，不过是野花几簇
村中的水泥路，都是通往人家的
炊烟一旦从老烟囱上泛出来
往往也就添了幽的味道

数缕藤蔓，挂在水墨之中
凉风徐徐，吹动着的都是秋水了
要借助怎样的眼眸，才可以望穿
被望穿的大黄岭
像是坐落在一场新雨之后

在萧富古道

还能从佳山纸坊的旧址
觅得一张当年的土纸么
落在土纸上的若干秀竹
依然保持着萧富古道淳朴的模样

挑土纸、挑竹料、挑石灰……
从萧山到富阳，商贸往来的步履
要沉重一些，老辈人记得
走亲访友的脚步，则或许欢快得多
那时，人影穿梭，这古道
像一根老藤，攀着十里青山绿水
当我说出蜿蜒与沧桑，丛生的草木

把脚印缓缓地覆盖了
抑或，这些脚印，也已长成草木了

现在，以健身的名义
我在古道之上慢慢行走
时而歇脚，望望岭上的白云
看看山脚下的人家。长也好
短也罢，宽窄随意。从人家出发
抵达人家，天下所有的古道
都不过是烟火的一截

做一回"野孩子"

一入大同二村的"野孩子"基地
就不约而同地"野起来"
仿佛每个人，都找回了
被岁月弄丢的童心
往田垄的深处走，沾上一身的
露珠与泥巴，也许就可以
回到孩提了。花朵和蝴蝶纷飞
小脚丫和大脚丫，相印
小船儿，轻轻一晃，就远了

稻香中的草帽，晃动着阳光
青绿的蛙鸣，流来淌去

是褪色的农耕画图，在"野孩子"基地
又被刷新了一回么
小农夫、小渔夫、小药农……
此刻，这些野野的孩子
一些，在百草园，复制着我的童年
另一些，则闯入了现代农业的色彩缤纷

入夜，我想领着这一群孩子
在田园里朗诵星星，一边学会仰望
一边又懂得脚踏实地

在楼塔，读空山，读清秋

云雾一起，远山就遁出了视野
而近山，却仿佛触手可及
从缥缈中摘几朵峰峦，植于人家
便是四围山色的楼塔了

仙岩山上住着仙，仙家
在岭间采着白云。九曲溪间
蒸腾着的云雾，入了青山
便淡作了禅意。鸟声有远的
也有近的。鸟声先是把人家
搬入水的镜子之中，然后
又把楼塔的一座座山或者季节搬空

天空愈来愈清澈了
澄净是楼塔的秋天
偶尔的虫啼，像短促的流水
村中的小道，时不时地为乡愁
打上一个结。氤氲的只有迟开的桂花
坐在院子里，就用越来越安静的心
听桂花落下的声音

暮色起，在半是仙源半是城的
楼塔，悄悄盖上一枚叫秋月的印章

在楼塔，听诗或者吟诗

仙岩山间的许询，在旧年的时光里
吟诵着日子或者山道的平仄
他掉落的诗句，一些长成了草药
一些则化作了溪流
楼塔，这片被诗意浸润的乡土
住在一卷辽阔的山水诗中

现在，我们以浙江诗歌节的名义
编排山居的日常，构思舞台的意象
用声光电，让一首首诗歌
游离在山村的夜晚
有的激昂，有铮铮的声响

有的则如人家门前的流水

悠悠流淌，也有一些诗歌

则在不经意间入了乡村最安宁的梦乡

此刻，楼塔是细十番中的江南

丝竹和鱼米，桨声欸乃，陌上花开

一幅幅的意境，在依次打开

然后我们就在一首首湿漉漉的诗篇中

年复一年，种下冬夏与春秋

在大黄岭饮酒

雷元胜

在大黄岭
无人与我饮酒

我们都无法揣测命运的预言
在斜圩村的拐角处
一群云彩正在赶路

伊人走远
四百多年的老樟树
千年的黄岭井
他们也未曾看见

这段时光并不适合我
当我想写下它时
一切旧天堂都消失了
其实，一个人在深夜饮酒
乃真正过瘾之事

半年节（外二首）

黄建明

有一个疑问在我脑海很久

为什么六月十四这天

佳山坞的老百姓就会过半年节

后来到了佳山坞我才明白

半年节就是祈雨日

说来也怪

每年的六月十四

佳山坞一定会下雨

一定会是瓢泼大雨

去佳山坞过半年节

这是楼塔人，或是萧山人

一种新的风尚

但我感兴趣的，不是那天

我能喝多少酒不会醉倒

而是赌，会不会下雨

雨在碗里

湿润喝酒人的喉咙

而地上的稻子

在苦等一滴雨的落

大同坞

在田野见到稻子

这是可能的

也许也是不可能的

在大同坞见到成片的稻子

一些城里人

兴高采烈地，割稻

几十年前这些城里人

把割稻当成工作

当成生活的重担

如今这些城里人

把割稻的农活

当成了好玩的游戏

多么希望

不要把种植水稻

总是当成一种游戏

大黄岭村

黄巢的一生都在祭刀
也在等待被杀
最后却在大黄岭成佛

我在大黄岭住宿
看见空气被奔跑的鸡追赶
妻说，这鸡好
我就跟养鸡的老太太谈价钱

老太太说，这鸡与镇上价钱一样
但要现铜钿
我没有现铜钿
我的钱都在云朵上

老太太说，现在的人脑子
都坏掉了
铜钿放在袋里才安心

回家后，我多么想念一只鸡
一只被云追赶的鸡

再见楼塔（外一首）

王　毓

直到一切结束
我不满足，一片钟声中溜走的云
在楼塔责怪自我的无知

喜怒哀乐里停不住的理想
遍地音符，来自烈火上踏浪的人
楼塔束紧今夜即将消失的世界
把影子交给铠甲，把箭交融进梦

白鹅毛捂住脚腕的铃铛
猫着脚，怕楼塔认出一个即将说再见的人

秋天，始于大同

迁徙的飞羽在栾树之巅收住振翅
握紧金鸡外的玉璜，从驼铃吟到了潮涌

从跨湖桥钓一支红豆杉

朱红的乐曲从西边唱到东边

我羡慕这里挖沙的孩子

古樟下，铺满太平洋的金沙、钱塘江的白帆

一挖，就诞生一串诗人

接踵而至的韵脚宣告收获的起始

孔子和农民一样

乡村和城市一样

迷路的那晚（外一首）

张　琼

迷路，是个尴尬的存在
她笑笑。试着用素颜的笑去填埋什么
还好只是在那晚迷路
不是在这晚。眼前模糊一片
不是因为丢了眼镜看不清楚
而是因为有一种魔力

是谁，带她在诗境里迷路
说好的要去神仙居住的地方
可越走越偏。灵魂跟不上此刻的脚步
匆匆飞来的黑蝴蝶在眼前飘摇
在老屋与天堂的方向
不停倒退又前进
看不见天上的白云
许是真的迷路了
她是谁。如此响亮的歌喉

穿越了多久的肉体
才开始放声歌唱

而这首歌的心跳
几乎与她同频

鸡鸣时醒来

鸡鸣的时候，她醒着
鸡又鸣的时候，她还是醒着
醒着那就是最痛苦的事情
一件一件事情如鞭子抽着她
这肯定是跟她一样不爱读书的鸡
叫起来从来不分时间

时间又是什么
她觉得自己度完了多年的光
依旧是漆黑的魅影
鸡，不过是鸣鸣而已
打发时间，又有多少个清晨与黑夜
如果连鸣叫都要受限制
那还不如对着夜空高歌一曲

手指舞动时擦亮的太阳，能够划破黑夜吗
她昂首问天空，星星寂寞了

似乎谁也不能读懂她的千千结
而女儿在日记本上放飞的童年
或许是她向往的生活

在楼塔，俯身拾起点滴（组诗）

沈国龙

水车谣

又见水车，犹如岁月的枯枝静卧于水
水波撩起昨日潦草的痕迹
此刻，我写的不是诗，是些许烟火

二十世纪八十年代
那年，家里分到了六七亩水田
一种拥有私产的味道弥漫

一切依旧，照旧的耕作模式
我的父亲有着漫无边际的忧伤
他的身后是一群不谙农事
弱小的孩子
在那片属于自己的稻田中
摇晃出中年的节奏

那是个无助的年代
我家的田临近池塘
农耕时，池塘之水
成了灌溉之源
为了抢占水车的埠头
时常半夜用水车车水
水消逝在水中，满天星星
我是水的搬运工

随水车的吱吱声和水流淌声
心中默念着水车摇臂的转数
星光下，高低错落的蛙鸣
遍布田野
揣摩着水流田间几何

稻的长势，令人喜悦
往事如云
每每忆及，让人难以置信
一年一年，走过
我们在蛙鸣中希冀丰年

年轮徒长
我也宛如父亲当年
蛙鸣声偶尔听到
不再如歌

现代农业的流程让人惊诧

水车成了农耕时代的祭祀品

登堂入室

那时的水，如今不知道流到了何处

那时的人，早已与自然融为一体

鸟啾，蛙唱，鸡鸣，犬吠

村落的炊烟，流水之倒影

唯有记忆传承

恍惚间，我似御风而来的旧地主

萧富古道

路，它的雏形应该是

孤独者探索的物象

"世上本无路，走的人多了便成了路"

深秋时节，在萧富古道

一种感慨，一阵回忆，交错萦绕

仙岩山摇曳的竹啸

是山民走出大山的号角

是呼唤游子归的丝丝呢喃

这蜿蜒盘旋的古道

熙熙攘攘，刻画出一幅土著的世居图

无论沮丧与成功，都透露出原生态的厚朴

苍穹之下的古道

是游子回望故土的坐标
由此派生出多少念想

山风习习，诠释了无数的故事情节
截取其中一段，些许痕迹凸显
许询从兰亭期期而归
楼英踏遍了仙岩山
悬壶济世
细十番中，掺和了浙东唐诗的韵味
"青黄杂糅，文章烂兮"
历史闪回，在萧富古道
我参悟着魏晋风骨

古道之外，天地幽远而辽阔
平淡的日子，消逝在山道的鹅卵石上
时光和着草木的荣枯而掀起
或风流倜傥，或桀骜不驯，或悲欣交集
千年荏苒，百载如梦
其实，伴随古道的涧水
早已将旧事故人浓缩于水渍中
随手拾起，就是一串故事
旧时光，一直斑驳着记忆

鸟啾，溪潺，鸡鸣，犬吠
汇合成一种最原始的声调

犹如一个休止符

让人无欲望地驻足，化入这黛青的山峦中

在这里

我携烟雨从人间回归

我心仪的贤人，可会在盛唐等我

踏歌而行

大同的酒

等你很"酒"了

在楼塔大同

那场立国之战

一个小山村，竟有十五名农家子弟

浴血在异国的炮火中

这似乎与山民沉浸酒的因子有关

壮怀激烈

在大同有我的故人，当年亦师亦友

一位当年毕业于黄埔军校的抗战老兵

数十年后的再次相聚

完成了半斤纯粮酿造的土酒

激情与美酒，疏通我内心的血之路

让整个人沉浸于欢悦的喧嚣中

微醺的双眼环顾，浓浓的暖意充斥了整个空间

与室外的山风，秋之味叠加

提前封杯应该与酒量无关
面前那些激情四射的场景
我更愿意享受这热闹中的片刻寂静
慢慢品味这数十年别离的心境
冷与热，于我而言，恰如其分

隐于仙岩山脉中的农家
依稀能听到永兴河的水潺声
人生如舟行水上
山光水色，这样的时刻
夜雾渐起，恍惚于时光的界面
拎一壶土得掉渣的大同土酒
在月下，邀"金龟换酒"的两位对酌

看细十番演出

柳绍斌

古谱里跳出的两句木鱼声
干净，如光
迅速点燃，小巷深处的故事
故事里的境界
在数个朝代，张灯
结彩，喜气洋洋

戈壁、沙漠、雪山、草原
都已走远
剩下的江南
祖露于春、夏、秋、冬
长高，长肥

一头水牛
在田间吃草

不远处，钱塘潮

漫过堤坝

劈头盖脸打向观潮的人